善待自己，也愛別人

幸福就在自己身邊

醫生 著

自序

再看此書文字，感覺很遙遠。大概年光流急，這年有太多事情發生，遠古的記憶不斷被近日的記憶替代，近日的事卻令人不欲記住，心裡漸漸變得空白一片。

書中文字，縱切面寫城市超高速發展，昔日那份人情味和城市之魂，化作玻璃幕牆間徘徊的幽靈。舊去新來，你、我、他心中那份經歷與回憶，卻恆久不變。橫切面寫的是近年的社會事件，這些事件令每個香港人都心緒不寧。亂世中，我只是真誠地寫下了大城小人物的心聲。

當人以為自己找到真理，思想便愈僵化，排他思想也愈強。認為只有自己才是對的，別人的意見不但是錯，且正在干預我的思想甚至逼我接受他的想法；二元對立形態出現，社會撕裂，爭論不休……不知多少生命就這樣流失，教人唏噓。

一位病榻上的師友說：「……本是多元無界，不必劃地為牢，互相對壘……此刻我最記掛的只有至愛和好友，功名利祿是過眼雲煙……好好活著才有機會改變世界。」說罷他深睡而去。也許他道出了每個人心裡所珍惜的。

本書文字能跟大家見面，得請不離不棄的讀者，跟我一起為總編葉海旋先生及他的團隊黃秋婷、葉柔柔和陳艷丁的努力鼓掌，讓文字不用擱之封塵。

曾繁光

二〇二〇年夏至於火炭悅愉空間

目錄

第一章：好好照顧自己

第二章：浮生若夢

第三章：願歲月靜好

第一章：好好照顧自己

但願能每夜酣睡

後現代文明帶給人類四大痛苦：肥胖、失眠、精神緊張及長壽。失眠與精神緊張有著密切的關係，而肥胖會帶來睡眠窒息，高壽與失眠更是息息相關。

睡不著、睡不穩或半夜醒來、噩夢連篇都是常見的現象，要處理這些睡眠的問題，首要還是要找出引致失眠的原因。

令我們睡不好的原因很多，最常見的原因當然是精神緊張。任何精神病如精神分裂症、抑鬱症、藥物濫用及酗酒、老人癡呆症、躁狂抑鬱症及焦慮症都可以引致失眠。

此外，痛症也有機會令你睡不著或在半夜把你痛醒，又或某些治療的藥物也會令你睡不著，即使是日常普通提神的飲料如咖啡及茶也可以是失眠的元凶。

找到引致失眠的疾病後，第一步是要先把這些病治好，失眠的情況之後也許可以得到改善。若仍然是找不到任何原因，那麼就透過簡單的睡眠衛生來改變生活習慣，失眠的情況也許可以得到改善。

不是每個人每天都要睡八小時的，有人每天要睡十多小時，也有人每天睡四五小時便足夠。只要你白天時候不感覺到疲累，而且有足夠精神處理日常工作，那就代表你已擁有了充足睡眠。嬰兒睡眠時間較長，年紀愈大所需的睡眠時間會減少，不少人都體會到，到了六十歲，不用鬧鐘，每天早上五時半便醒了。不過需要注意，若你在短短一兩星期內，突然比之前早醒了兩三小時，而醒來時情緒極度低落，你便可能患上了抑鬱症。

很多人以為一覺睡到天明便是有好的睡眠質素，相反半夜醒來上洗手間或從夢中醒來，便會令我們感到疲倦及睡眠不足。這種想法其實未必完全準確。不少人將睡眠分開數段時間進行，如下班回家睡兩小時才起來吃飯，吃過了晚飯，休息一會便一直工作到深夜，再睡四五小時又起來上班去。如果這個作息習慣也可令他白天時神采飛揚，那麼對他來說，加起來的睡眠時間已經足夠了。

那麼多夢又是否意味著睡得不好呢？這也未必。我們每次睡眠時，約五分之一時間是在夢中度過的。在我們入睡後四十五分鐘至九十分鐘，第一個夢便會出現，然後每隔一段時間另一夢境便會出現，所謂一覺到天明或你以為自己沒有做夢，其實只因你不曾從夢中醒來，故無法想起夢裡的情節。因此，若夢醒後可以立即入睡，便不會影響你的睡眠質素。

讀者可參考以下的方法，也許可以幫助你改善睡眠：

一、尊重你的生理時鐘：每個人都有一個習慣的、最容易入睡的時間，每個晚上也差不多在這一刻迎來睡意，如果太早或錯過了這一刻，便可能要花更長的時間才能入睡。

二、注意睡覺的環境：不能太吵、太光、太冷或太熱，床褥不能太軟或太硬；請蓋上合適的被子和穿上舒適的衣服。

三、尊重你的身體：太飽或太餓會令你睡不著，太累也可以是失眠的原因。

四、適量運動：隔天進行一小時中等強度帶氧運動，除了令你更鬆弛和容易入睡，對身體和腦袋也有著各種意想不到的好處。但要注意，劇烈運動宜於睡前兩小時完成。

五、準時起床：賴床或日間小睡會令睡眠壓力減輕，這樣到了晚上的時候便會較難入睡。

六、深呼吸練習：睡前作深呼吸，可以放鬆自己，幫助入睡。不少人不曉得怎樣呼吸，將深呼吸練習做錯了，如太快、太淺和不持續等，不但沒有預期效果，反而會令自己更加緊張。深呼吸是要緩慢進行的，把最大量的空氣慢慢吸入，忍三至五秒（在心裡數一，二，三……），然後把所有空氣慢慢呼出。再緩慢地重複。

七、睡前保持心境平靜：激烈的情緒往往令人難以睡穩。所有爭執吵架最好不要在晚上進行，夫婦間的爭吵更要在進入睡房前結束。驚嚇電影、故事也應避免睡前觀看，否則波動的情緒可以令你睡不著呢！

八、處理身體的不適：任何身體不適都會令你睡不著，所以入睡前，宜先把痛楚處理好。長期疼痛必須得到妥善的治療，有時這是不容易搞好的呢！

九、不要在床上做別的事情：把床的功用嚴格限制為睡覺與做愛；性愛（包括手淫）可能是最好的催眠藥。不要在床上看書、看電視、聽音樂、聽收音機、看手機；睡前兩小時避免接觸手機及平板電腦。節拍極慢的音樂可以令你放鬆、較易入睡。

十、不要借酒（或非處方藥物）入睡：輕嚐說不定可以令你較易入睡，牛飲則會令你睡不穩（要起來喝水或者上廁所），甚至依賴它，之後酒量不住增加，不喝便會睡不著。

十一、喝茶和咖啡要適量：若喝了茶和咖啡令你睡不著便不要再喝。若離不開它，最好限制自己只可在早上喝。晚飯不經意的一杯茶，足以令你輾轉反側，可樂或某些傷風感冒藥，也可能有近似的副作用。

十二、不要逼自己去睡：研究發現，令人失眠最常見的原因是逼自己睡覺，愈逼愈緊張啊！不如輕躺床上作深呼吸，每每睡著也不知道。

精神健康DIY

一讀者問：「精神病是否可以預防？」

她的問題很有意思，要回答也不容易，皆因我們對腦袋的認識實在太少了。

不少人以為都市生活壓力大，所以會有較多人患上精神病。表面上這說法是成立的，流行病學的研究告訴我們，城市比鄉郊有較多精神病人，但這結論也得小心去理解。城市的治療設施較完善，會有較多病人從鄉村跑到城市去尋求治療；發展了的社區有較完善的統計，有效地把更多病人納入統計數字。從另一角度看，地球上每個角落也在急促城市化，過去二三十年，患上抑鬱症的人數也在增加，不知道兩者是否有關。

城市人生活壓力來源眾多，如工作壓力、家庭及人際關係困難、社會動盪及經濟壓力，的確會更容易令人患上與壓力有關的精神病，如焦慮症、輕度抑鬱、酗酒及濫用藥物等。不過那些較嚴重的精神病跟生活壓力的關聯較少，生活壓力往往只是誘因，致病的元凶大可能與基因有關。換句話說，較嚴重的精神病如精神分裂症、躁鬱症、嚴重抑鬱、嚴重認知障礙、自閉頻譜障礙、人格障礙等都有著強烈先天因素。

既然精神病是先天因素跟後天的經歷與際遇互動而成，既然暫時未能改動基因，那麼是否可以在環境因素做工夫以達到預防精神病的目的呢？減低壓力又是否可以預防精神病呢？理論上可以，問題是人生種種的生命事故和壓力是否可以減低或避免？

要有良好精神健康，近年不少的研究都在告訴我們，建立良好的生活習慣最重要。其中最重要是從睡一覺好的開始。我們睡著了，腦淋巴系統便會活躍起來，把神經細胞所製造出來的有害物質帶走；睡不好，腦袋便排毒無效，不少有害物質如 Tau body 及 Beta Amyloid 的積聚可能引致柏金遜症及嚴重認知障礙。睡眠不足令專注力降低、脾氣暴躁、減少快樂的感覺，令工作、學習表現倒退，也對個人情緒和人際關係帶來影響。

偏偏失眠也是不少精神、情緒問題的徵狀，所以有時真的不易分辨到底是失眠引致精神情緒毛病還是精神情緒毛病引致失眠。

促進精神健康

踏進二十一世紀，精神病將是心血管疾病以外最常見的病。當中以抑鬱症最為常見。在成年人中，每六人便有一人在其一生中患上抑鬱症。至於精神分裂症，一百人便有一人患上，一百人中有一至三人會患上躁鬱症，至於與焦慮有關的精神病如廣泛性焦慮障礙、驚恐症、恐懼症、強迫症等，也影響著百分之十的成年人。隨著人口老化，將會有愈來愈多人患上嚴重認知障礙，八十歲的約有一成多的人出現認知障礙的徵狀，九十歲的則有兩至三成，一百歲則超過四成，換言之只要我們夠長命便有機會患上。

可以這樣說，沒有精神健康便沒有健康。如何促進精神健康、預防精神情緒毛病，這是政府和每個市民的責任。每個人都擁有良好的精神健康，我們將會活得更快樂，也有較少人患上精神病，可以大大減輕醫療上的社會成本。

政府可以做些什麼？世衛在上世紀九十年代初曾經向各國政府提出忠告，指二十一世紀將會是個抑鬱世紀，會有愈來愈多人患上抑鬱症，各地政府要預早作出準備，迎接這個抑鬱新世代。惟世界各地的準備也強差人意，有的做得較好，但受經濟不景的影響而裹足不前。政府在促進精神健康、預防精神情緒毛病的工作上可謂責無旁貸。首先她要投放資源在公共精神健康教育，令每個人都了解和認識精神病及其治療與預防，市民可透過加深對精神病的認識而消除歧視，增加社會對精神病人的接受、共融。同時因為認識加深了，市民也能提高警覺，一旦見到自己或親友出現精神情緒毛病的徵狀就可以及早求醫盡快康復，大大減少因延醫帶來的破壞和傷害。

與此同時，市民對精神情緒毛病認識多了，求醫的人數自然大幅增加，政府得準備好迎接大幅增加的病人，增加精神科醫生、護士、臨床心理學家、社工、職業治療師及各種復康專業人士實在刻不容緩。也得重新思考怎樣安排精神治療的服務，今天大多數的精神病人都可以在社區以門診的方式接受治療，大多數人可以繼續上班上學。到底要加開公共精神科專科門診，還是錢跟著病人走，以合理價格作補貼令病人可以在私人市場尋求服務？如是，補貼是否應有入息審查？自願醫保是否可以提供足夠保障令病人在私人市場獲得良好的治療？

新的藥物和治療器材往往有較少副作用，有更理想的治療效益，但費用相對昂貴。例如以磁力刺激治療去醫治抑鬱症，副作用極微效果極好，可是一個療程便可能要花費十萬，醫保用作精神治療的上限只有每年三數萬，實在是不敷應用，事實上三萬元可能連一個二十節的認知行為治療也不足以支付。

促進國民精神健康

除了推廣公共精神健康教育消除歧視，投放資源增加精神治療設施，如增加及培訓精神科醫生、護士、社工及臨床心理學家等專業人員，引進更有效益和較少副作用的藥物和治療方法，加強長期病患者的復康訓練，以流行病學抽查的方式了解社區裡到底有多少人患上精神情緒毛病、哪一類精神病及病人和家屬的需要，進行臨床研究找出更好的預防及治療方法外，作為政府，更應確立精神健康政策，有了政策作指引，方能得到足夠的資源去實行以上各類各層面的工作。

可是到底要投放多少資源於精神病的治療方能維持一個像樣的精神科專科服務呢？以下一些有趣的數字大概可以作參考：歐美澳紐精神治療做得較好的地方，投放在精神病治療的開支大約是生產總值的百分之一至一點五，也大概是整體醫療開支的十分之一。

個人在促進精神健康、預防精神病方面又可以做些什麼呢？有實證支持的方法實在不少。

二百多年前，已有醫生發現，在子女眾多的家庭，排行最小的幾個有較大機會患上腦部的疾病包括精神病。這個觀察在浩瀚醫學海洋中一直未被淹沒，近二三十年，更完善及具說服力的研究一再確定了二百年前的觀察。其中一項關於精神分裂症的研究顯示，在沒有家族病史的患者中，發現他們的父親都是年紀較大的。經過極複雜的基因研究發現，這是因為製造精蟲時出現了基因蛻變，所以增加了子女患上精神分裂症的風險。

到了青春期，受荷爾蒙的影響，精子原蟲開始分裂製造精子時，每次分裂都易受環境如輻射、溫度、健康、毒素的影響，或所有風險因素累積下來的影響，精子製造過程便可能產生蛻變，蛻變的基因增加患上精神分裂症的風險，而這個蛻變一旦出現了便無法修補一直錯下去。到了五十多歲，精子原蟲已分裂了四百多次，到了六十多歲分裂了五百多次。因此，假如可以，男性年輕一些（最好五十歲前）當爸爸，也許可以大大減低子女患上精神病的風險。

另有研究發現，假如在流感大爆發年懷孕，所生下的子女患上精神分裂症的風險會較高，也有在北半球的研究發現，冬季出生的人較夏季出生的人有較高風險患上精神分裂症，這可能跟懷孕時受季節性病毒感染有關。不知道若果懷孕年齡女士年年打流感預防針會否可以減低這方面的風險呢？這是一個值得研究的課題。

正向管教

不少研究發現，曾被虐打的孩子，長大後會有較多高風險行為如酗酒、吸毒及各種暴力行為。即使未達虐待的程度，自小經常被打罵的孩子，長大後患上各類精神病的風險會增加一成半至四成。

皆因在被打罵的一刻開始，我們的腦袋結構便會出現改變，重複的打罵，令杏仁核這個情緒前哨長得特別強壯；相反，負責分析、組織、前瞻、執行及自我控制的額前葉的發展則受到阻礙，同時，聯繫著左右兩邊大腦的胼胝體也會縮小了。

杏仁核過度發展會令人神經過敏，令情緒及行為反應往往超過實際情況的需要。稍有風吹草動便變得極度焦慮，欠缺安全感，影響著自我的肯定及人際關係。

可以這樣說，不少人的精神情緒問題是由他們自小的經歷塑造而成。棒下出孝兒的說法只不過是父母拿孩子出氣的藉口而已。要孩子的腦袋健康地成長，首先是要避免以打罵方式管教，從行為科學去理解，打罵只是一種懲罰的行為，懲罰只能令孩子知道自己做錯了什麼，但沒有告訴他做什麼才對。倘若孩子已清楚知道自己不對，懲罰便不需要了，直接跟他們討論下次如何做得更好及減少出錯的可能反而更有意思。

而且，懲罰往往破壞親子關係，要把子女教好，良好的親子關係是首要條件。打罵是負面教材，只需一次，子女便從你身上學會以拳頭和惡言去解決問題。父母是子女的典範，你做什麼他們也會跟著做。

更何況，打罵會令欠缺自信的孩子更沒信心；子女已盡全力希望可以得到父母的肯定，結果是強差人意，他們本身已經很沮喪的了，還要被父母指責、嘲諷，最後他們會變得更焦慮和失去自信，也不住自責及抱怨自己做不好未能令父母開心，長此下去，這樣只會令他們的表現愈來愈糟。其實他們最需要的是鼓勵和肯定，倘若父母能管好自己的情緒，不作任何批評與指責，平和冷靜地對子女說：「我見到你已經很努力溫習的了，也知道拿到這樣的成績你有點不快，不如讓我們坐下來，好好看一下，有什麼方法令你表現得更好。」

這樣的話的效益往往比破口大罵、拳打腳踢來得更有效。教仔如是，治國也如是。

倘若你的孩子很有主見、絕頂聰明和有少許反叛，打罵的方法對他們來說更難達到預期效果。多年前在一個家長講座，一位母親訴說了她跟女兒相處的故事。她的女兒非常聰明，但很懶和整天在玩手機，學業成績中上，有一次見女兒考試前夕還在玩手機遊戲不溫習，她就罵女兒：「你這麼懶，考試一定不及格！」女兒笑著回應：「反正我從未試過不及格！既然你這樣看我，好！這次考試就讓一半的科目不及格，另一半取高分！讓我可以體會一下不及格的滋味！」她給氣得快要瘋了。

自信有主見的孩子往往有自己一套，不易受別人影響，若被罵或冠以負面標籤，他心裡會這樣想：「我本來也不算太差！既然這樣話我，我便差給你看！」

正向管教往往較著重以賞識和肯定的方法去教子女，不會隨便打罵子女，也不會指他們是垃圾、無用、廢人、蠢、甲由或豬狗。因為這樣的指責往往令子女失去自信或令他們更反叛。

教子女時先要管好自己的情緒，心平氣和地教，例如，有一位朋友的兒子在學校跟同學互相打了幾拳，不小心用力過猛把同學擊倒地上，結果老師要求見家長，朋友感到很羞愧，最後硬著頭皮見過了老師，給悶了一肚子氣。她知道如果立即回家去，兒子一定被她痛罵，於是她決定找個朋友聊聊，令自己平靜下來才回家去教仔。回到家裡，晚飯前兒子正在打機，她走進他房間心平氣和地說：「剛才見過老師，知道你跟同學打架，令我有點擔心，到底事情是怎樣發生的呢？」兒子聳肩說：「老師不是已經告訴了你？」她接著說：「我想聽聽你的看法！」

他有點吞吐但還是可以一五一十地說個明白：「幾個要好的同學互相捉弄，給我推倒的同學先推我，我叫他別動，可他繼續推，我忍無可忍便用力一推，沒想到他倒地，幸好沒有大礙。推倒他已立即感到後悔，我也立即扶起他並道歉。」

她笑著回應：「有一個誠實的兒子令我感到驕傲！既然你知道推他是不對的，不如我們一起想想看，如再有近似事情發生，我們可以做些什麼？」兒子說：「他們都是我的好朋友，以後吵架也不會動手。」

這位媽媽正展示了正向管教的基本技巧，首先要管好自己的情緒，心平氣和地教。跟兒子討論時不使用帶責備或強烈情緒色彩的語言，只是平靜地去了解真相，然後一起探討如何做得更好的方法。

建立良好生活習慣

要有好的精神健康，必須有良好生活習慣，此話老生常談，亦有愈來愈多研究實證支持。

最重要的生活習慣莫過於有充足睡眠，平均每天睡六至八小時，白天時感到精力充沛，便證明你已有足夠的睡眠。

隔天進行一小時中等強度帶氧運動，這個生活習慣可以令人放鬆、消除焦慮，晚上睡得更好。也有研究顯示，每星期一百八十分鐘以上的帶氧運動對預防焦慮與抑鬱有用，已患上抑鬱症的病人，建立每星期一百八十分鐘運動的習慣，也可減低復發率達兩成。任何帶氧運動如急步走、緩步跑、游泳、騎單車、跳舞、行山、打球也可。重點在持之以恆，做運動時要專注，不要想其他事情。倘若已經很久沒運動，宜循序漸進，目標是隔天一小時。

另外，要學會任何一種令自己可以放鬆的方法，靜坐、瑜伽、太極也可。同時要每天花點時間去練習才有效，不要以為只靠老師上課時教做一兩趟便會有效。若你什麼也不想學，也可以試試練習深呼吸。我們的生活節奏太快，我們的呼吸也快，偏偏要緩慢呼氣才能放鬆，緊張有壓力呼吸愈來愈快，便無法放鬆，變得更加緊張。

作深呼吸也有竅門，就是要緩慢、專注、有節奏和不住練習。每個深呼吸練習要吸呼三十至四十次，每個練習需時七至十分鐘，每天做最少三個練習，可以分開早、午、晚做，也可以每隔半小時做一個練習，最好在心平氣和時做深呼吸練習，緊張時便可立即進行深呼吸令自己放鬆。進行深呼吸練習時一定要專注，把所有注意力放在空氣進出的感覺上，不要去想工作難題、家庭紛爭或人際衝突。

可用口或鼻呼吸，但一定要慢，也別去管是否腹式呼吸，太多事要去照顧便難以集中，簡單一點就是要盡量把天地的正氣吸進去，吸得胸腔脹滿，橫隔膜自動下移肚子便會隆起。吸滿了一口氣，便忍三至五秒，在心裡數一至三或五，然後緩慢地把所有空氣呼出。之後再緩慢地吸第二口氣……躺著練習效果較好，連續練習兩三星期便初見成效。不少人感到鬆弛了便停止練習，結果前功盡棄要重頭開始。

建立正向思維的習慣和建立良好社交網絡也可以預防焦慮。

正向思維

近二十年，在抑鬱症的研究領域，學者在追查抑鬱症的成因或風險因素時，發現不少有著極高發病風險的人，如家族中已有數人患上了抑鬱症，但其一生也未發病，這些個別例子引發了一個有趣的問題，究竟什麼保護了他？保護因素的研究也開始受到重視。至今，被認為是抑鬱症的保護因素有正向管教、建立正向思維的習慣、懂得管理壓力、每週一百八十分鐘帶氧運動的習慣、有良好的朋友網絡和支持、與家人（尤其伴侶）有良好關係、有一種持之以恆的嗜好及各種易被忽略的飲食習慣，如低糖及低脂高纖、適量的咖啡、足夠的奧米加脂肪酸等。

為何正向思維那麼重要？也許世代競爭環境的影響，在成長過程中，人人都渴望名成利就，除非你的際遇極好，否則經歷的挫敗肯定遠比成就多，有些人從小便慣性地擔憂現況及未來，以負面的思維去看世界。明明表現已經很不錯，卻認為自己做得不夠好，事事要追求完美，且深信不會有最好只會有更好。這樣的思維會為自己帶來壓力，壓力過大當然會令表現倒退。那時便更沮喪，長期困在負面的思維，情緒漸漸變壞，抑鬱的現象便會出現。

要改變這種追求完美又慣性思想負面的習慣，首先要調整自己的期望，用不著事事做到最好，科科要拿滿分，盡了力、做到夠好便可。當然若你是個追求完美的人，要你接受不完美可是一個不太容易的學習過程。

正向思維的建立，正好透過正面的思想習慣去糾正慣性扭曲了的負面思維。同一件事，可以以不同角度或方式去看，不同的人也可以看出不同的東西。例如一位中學生考試只有六十五分，覺得離開一百分很遠，有很大的進步空間，已經及格他便覺得很滿意，相反他的母親卻認為他不思進取，非常擔心，逼他溫習，兩母子經常吵架，弄得情緒低落無法入睡。後來兒子問她：「是不是科科一百分才令你滿意？」她搖頭。他說他已盡力，叫她別再逼他，他以自己的步伐去學習，成績會愈來愈好。她只好戰戰兢兢地放手，同時，那晚起她酣睡如常。

怎樣建立正向思維的習慣？很簡單，今天開始，每日晚飯對家人說出三個當日發生有趣的經歷或故事，一個月後看看自己的轉變。

建立正向思維的習慣

令自己變得正向，是件知易行難的事。而且，不是只要知道什麼是正向便可以做到，而是要建立正向思維的習慣。至於怎樣建立？說來看似簡單，不用花費巨款上雞精課程或拜訪名師，不過能否成功還看個人的耐性。

我們的生活裡，每天總有幾件開心、有趣的事擦身而過，甚至有幸成為這些小事的主角，可時日過得太匆忙，我們漸漸無法想起曾經的快樂……偏偏這些開心、有趣的事情可以令繁忙生活得到調劑，也令生活更幸福。那麼我們試試跟家人吃晚飯時開始一個新遊戲，把電視關掉，每晚每人輪流說出三件當天發生的開心有趣事。

第一晚，大家可能腸枯思竭也找不到幾件開心事。

過了一個星期情況會改善很多，大家會較容易找到當日開心二三事。

兩星期過後，大家在回家路上，很自然會想到當天的開心事，還會想想怎樣跟家人分享；到了晚飯時刻，我們會很容易地把每件開心事說得詳細、清楚，飯桌上的笑聲也多了，大家不會再聽到筷子觸碰碗碟的聲音，大家留在飯桌上的時間也會愈來愈長，一家人的快樂感覺也愈來愈多。

倘若我們每晚都在餐桌上分享三件開心事，一個月後，只要有任何開心事發生，不論耳聞目睹或親身經歷，我們會投入其中並享受著當中的快樂，又或者主動令場景變得更開心更歡樂。晚飯時跟家人分享，再也不用思索也能把細節一一道出。

連續一個月每晚分享三件開心事，已令自己的焦點重新集中在開心的事情上，整個人也會變得正向和快樂。若要建立一個新的思維方式或生活態度，就要每天都練習，至少一個月便可初步建立這習慣。建立了這個習慣，也許我們能享受到當中的好處，這個習慣便不易終止，也不要隨便停止，無論如何也得堅持下去，令自己繼續正面、有趣、幽默。

除了每天晚飯時跟家人分享三件開心事，我們也可以透過簡訊組群，跟朋友每天互相分享三件開心事。又或者睡前在筆記簿或面書寫下三件開心事亦可。

人正面了，也開心了。壓力對我們的影響也相應減少。

廁所女

淑貞升上中二之後，像變了另一個人似的。

她有個特別癖好，每次走進廁所，也要躲在裡面兩三個小時。可憐一家五口住在公屋，全屋只有一個廁所，只要淑貞進去，全家便非常緊張。尤其是早上，人人得在她進去前使用廁所，不然未能漱洗便得上班、上學去。輪到她進廁所，她總是呆在裡面很久，每天總是遲到。

有一次，爸爸晚飯後忍無可忍，催她時她總說等等，他忍不住把廁所門也撞爛，見到她站在洗手盆前對著鏡子發呆，雙手舉起及臉，水從手指向肘流，然後滴在地上，地板全濕。他高聲問：「站在那裡幹什麼？快出去！急到要瀨！」

因她在家時常佔著廁所，弟弟為她起了個外號——廁所女。她極之生氣，跟弟弟打了起來，最後爸爸警告：「再長時間佔著廁所，便不准你用家裡的廁所！」她的情況改善了幾天，不足一星期便故態復萌。爸爸把廁所的門鎖拆了，她不再使用家裡廁所，改到屋苑附近商場的廁所去。

有時她在那裡呆上五六小時，連晚飯也不回去吃。回到家裡，父母總問她到哪裡去，批評她只顧玩，功課也不理，她總是沉默，問她在外面做什麼，她也是保持沉默。她已有三四個月沒有跟父母說話。

媽媽嘗試走進她的房間，跟她聊天。媽媽想坐在她的床上，她立即尖叫：「起來！不要坐在床上！」媽媽問她為什麼不可以坐在她床上，她又保持沉默。媽媽要拿起桌上的照片來看，她立即阻止。媽媽欲打開她的衣櫃，她立即過去攔截，更不住問：「你看到了什麼？碰到什麼？快說！」媽媽一臉莫名：「我看到了什麼？碰到什麼？衣櫃門尚未打開，我能見到什麼、碰到什麼？」

由於經常遲到，淑貞的學業成績一落千丈，上課時像在做夢，班主任要她見學校社工，可她在社工的辦公室呆坐半天也沒回答過半句話。無論社工如何安撫、鼓勵，她也沒反應。

社工約見她的父母，爸爸見到社工便訴說：「這個孩子自小都愛說話很開朗。可新學年開始她變了。每天躲在廁所數小時，問她在裡面幹什麼，她總是低頭不語。無論怎樣問她也沒反應。我完全不明白她的情況。」

猶豫

媽媽歎息：「唉！我們每天一起吃晚飯，卻像跟這個孩子失去聯絡。她往日總會把房間收拾得整齊清潔，近幾個月她的房間亂七八糟，廢紙、絲襪放滿書枱，還有幾個吃剩的杯麵，真不曉得她怎樣做家課。我嘗試為她清理收拾房間，她回來見到不但沒有表示感謝，還很激動地罵我，然後把自己關在房裡整整兩天，叫她不應，後來爸爸把門鎖拆了，進去見到她蓋著被背著房門裝睡……」

學校社工表示：「我認識淑貞一年多，中一時她很活躍，經常協助我照顧幾個情緒極不穩定的同學，放完一個暑假回來，我本想叫她做大姐姐協助中一生適應新校園生活，可是我發現她變了，最初她像非常焦慮又心事重重，問她是否家裡出了問題還是跟同學、朋友相處出了問題，她總是欲言又止。近日又有老師反映，她上課像在發夢，做練習或測驗時寫得很慢，一份試卷她每每只能完成一半，寫下去的答案都是對的。她不再跟同學玩，小息或午餐時間她總是躲在廁所，關心她的同學告訴我，她只是躲在廁格坐在馬桶上發呆。看來她的精神、情緒出了問題，我昨天提議她要找個精神科醫生幫她，她沒有反對，只是淚水不停。今天約見你們，是想跟你們商量一下，盡快帶她去看醫生。這個學期，她的成績退步了不少。」

淑貞媽眼泛淚光：「你說她有精神病？不會吧！她只是躲在廁所……」她不敢再說下去。

父母陪著她去看精神科醫生。跟父母一起時，她只是垂下頭長髮披臉什麼也不說。待她單獨見醫生時，經過鼓勵與安撫，她終於開口：「告訴你的事可否永遠保密，絕不可以讓爸媽和學校知道？」

醫生堅定地說：「你大可放心，我們一定會保障病人私隱。倘若在治療安排上有必要讓父母或學校配合的，我認為讓他們多了解你的情況也是好的，當然在告訴他們之前，我會先跟你商量。」

她還是有些猶疑：「你真的會保守秘密？我說了出來明天不會全校都知道？」

醫生點頭再次確定。

她咳了一聲清理嗓門，開始訴說自己的問題，可說話到唇邊卻又給吞了下去。重複了數次後，連她自己也顯得不好意思。

秘密

淑貞終於開口：「我有一個秘密，不肯定應否告訴你。不告訴你又怕你不明白我的情況，說出來又怕你會轉告我的父母……」

「試試告訴我吧！你肯來找我，那證明你也希望我可以解除你的困擾。我不是說過我會保密嗎？」醫生說。

淑貞長歎後問：「手淫的女孩是不是很淫蕩很邪惡？」

醫生說：「你覺得手淫是淫蕩或邪惡？」

她搖頭：「我不知道！我在互聯網看了不少資料，都認為手淫不但無害，且還有各種積極的作用。然而媽媽總是告訴我不能手淫，這是不道德，上帝會懲罰手淫的人！我內心很矛盾！暑假時，淋浴期間我無意中發現，用花灑噴下體會有很興奮的感覺，所以每次淋浴我也花很長時間以花灑噴射下體，那種感覺令我著迷。後來我又發現用手撫弄下體也有相同的美妙感覺。

「興奮過後，我便責怪自己做了些不應做的事，我擔心父母會知道，我叫自己不再手淫，可另一個我更強橫，逼著我時刻把手伸進褲裡，我很喜歡那種感覺，但我無法接受自己做這樣的事。每次走進廁所，那種手淫的強烈慾望便在心裡湧現，同時心裡也在警告我：『再做這些事便會被懲罰！一定不可再這樣！』內心交戰，慾望與信念在不住爭拗。我站在鏡前或坐在馬桶上，反反覆覆地去想和不想手淫，一站便是一兩小時。

「手淫的感覺完全佔據著我，我不准自己再做，可那慾望像洪水，無論我怎樣加固堤壩，最後堤壩還是崩塌……我不再掙扎，躲進廁所手淫，當我什麼都不去想，全心全意去享受手淫，那種感覺非常美妙。可跟著而來的內疚與自責也大得令我喘不過氣來。有時我要不停地洗手，即使我知道完全沒這必要，但也會把雙手洗完一次又一次，像要把心裡的罪孽洗淨。

「每天活著就好像為了決定應否手淫，連上課、測驗時也想著，我叫自己別再想，可我卻想得更多，我的腦袋完全失控了，我再也無法專心讀書，我很擔心我的一生就這樣完了。

「我知道手淫也沒什麼大不了，我叫自己別再責怪自己，可我總是愈覺內疚。這些經歷不可以告訴任何人，只好一直悶在肚裡。近日，我感到自己再也無法承受這樣沉重的壓力，我想把這樣的日子來個了斷……

過份的完美

「我不會容許自己有任何缺點，可這麼污穢的事卻不住重複發生在我身上，要阻止也阻不了，我總覺得自己很骯髒……」淑貞說到這裡哭了。

醫生讓她哭了一會再問：「除了剛才我們討論過的事，如控制不了的手淫及跟著的內疚與自責、有時出現的重複洗手、不能專注、情緒低落，還有其他令你不安的事嗎？」

淑貞稍想一會說：「我擔心父母會在我房間安裝微型攝錄器，他們很想知道我在房裡幹什麼，不知問了多少次我也沒說，有一次我聽見爸爸談及微型攝錄器，我立即想到他想用攝錄器來監視我。我不准任何人進我房間，每次回到房裡，我也要來一次全面搜查。

「我不肯定自己是否神經過敏，在地鐵或巴士上，我總覺被人跟著，我卻無法確定那些人是否真的跟著我，還是跟我一樣去相同的地方。

「有幾次，當我被那些不住迴環的想法逼得我透不過氣來時，腦袋竟出現了自己的聲音：『活得那麼辛苦，不如及早了斷。』這聲音令人毛骨悚然。」

「除了腦袋中自己的聲音，可還有聽見其他的聲音？」醫生問。

「只有腦袋裡的聲音，沒其他聲音。」她說。

醫生認為她有嚴重的強迫症，且有少許抑鬱徵狀，建議她服用抗抑鬱劑及接受認知行為治療。醫生給她服用的是一種選擇性血清素再攝取抑制劑，從輕劑量開始，三個星期後加至她可以承受的劑量。情況不見好轉，她卻感到胃脹、惡心和疲倦。

認知行為治療也剛起步。她要接受二十五節每節一小時的認知行為治療，主要是調整她的扭曲思維，如她相信手淫是邪惡污穢有損身心健康、手淫令她再沒有前途等。

半年的心理治療快完結了，她開始接受手淫是一項健康、有益、對身體沒有任何損害的行為，性慾是與生俱來的慾望，有這慾望是很正常的，無論男女，踏進青春期受荷爾蒙的影響便會有性的需要，令她最困擾的原來是一些對手淫的曲解——認為手淫是污穢、淫蕩的行為。

最後她的情緒好轉了，學業成績也追了上去。她不用再每天躲在廁所反覆思考應否手淫。

安樂

龍婆婆從的士走出來，拄著手杖一步一步走向智障人士院舍。她今天帶來欖角蒸鯇魚、蝦仁炒蛋及荷葉冬瓜湯。

探訪室裡，麗俄安靜地坐在最近門口的位置，不住望著大門口。過了一會她又探頭看門外，有點不耐煩地來回踱步，再坐在椅上，目不轉睛地看著。近兩小時她也在重複著相同的動作。

龍婆婆蹣跚走進去，麗俄立即站起來撲向龍婆婆，她摟著龍婆婆，伏在她肩上不住的笑，唾液從口角滲出，流到龍婆婆的肩上。

龍婆婆打開暖壺，把餸菜拿出來放桌上，麗俄已急不及待拿起筷子，把一大塊鯇魚放進口裡。龍婆婆笑得瞇上了眼說：「別急！慢慢吃，小心魚骨。」

護理員經過，告訴龍婆婆：「她吃過早餐便坐在這裡望著大門口等你來，有時午餐也不願到飯堂吃，到了晚上探訪室要關燈，才極不情願地回睡房去。」

龍婆婆回應：「都怪我這個外婆這副老骨頭不中用，下了半個月雨，我的膝關節便一直痛，痛得我連走路也覺吃力！今天出太陽，痛楚紓緩了，便立即到街市買她喜歡吃的餸菜。都九十多歲了，能為她多弄一頓飯來看她多一次便好，誰曉得明天我是否可以再來。等了二十多年終於可以入住院舍，有人照顧她，就算我有什麼冬瓜豆腐，我也安樂了。我一生無求，最放不下還是這個外孫女。」

護理員告訴龍婆婆：「麗俄進來院舍快半年了，她一直在笑，同事都叫她『開心果』。但很奇怪，六月十二日傍晚，她在活動室看電視，新聞正在重播警察向示威者放催淚彈及射橡膠子彈的片段，她看了便一直流淚，晚上躺在床上哭了一夜，第二天早上吃早餐時本已好了一些，但再看到放催淚彈的畫面，她便立即放下碗筷，哭泣不停。我們只好不讓她看電視。」

龍婆婆長歎一聲說：「唉！她真是個極可憐的孩子。小時她很聰明，三歲便能念『床前明月光』，很愛説話，得人喜歡。五歲那年，正值一九六七年暴動，那時遍地『菠蘿』，爸爸媽媽帶著她外出，吩咐她小心放在路旁的物品千萬不要踢。她習慣踢地上的垃圾，一次外出時經過一堆垃圾，她突然跑向前用力踢放在路旁的紙袋，她爸爸見到大驚，跑上前把她抱起，一聲巨響，爸爸和她一起倒在地上不省人事……

奇蹟

「可憐的孩子，就這樣失去了爸爸，一塊碎片插進了她的左前額，給送到醫院，保住了命，左眼卻從此失明，她也沒有再說話，醫生說她的智力就像一個九個月大的孩子。她的媽媽受不了這麼大的打擊，患上了嚴重的抑鬱症，給送到青山住了五年，出院後回來住了幾天，每天都抱著女兒哭，一個半夜裡，她悄悄離開，我們也再沒見過她。

「麗俄跟著我們生活，她長得亭亭玉立，樣貌十足媽媽，只是額上多了疤痕。十八九歲了，她仍然不說話，也不懂照顧自己，上廁所、洗澡也要幫忙，沒有學校要她，她只能留在家裡。那時我跟老公在街市賣菜，又不流行聘用家傭，便只有兩老照顧她。我們每個早上帶她出菜檔，我們做生意，她坐在檔口發呆。

「幾經查探，我們把她送到訓練中心，社工提議我們把她送到護理院，我實在捨不得，決定好好把她留在家裡。二十年前，她的外公去世，我的體力日差，再也無法照顧她，便開始為她申請護理院。

「為了看著她，我只好把菜檔頂讓給別人。兩婆孫相依為命。一年又一年過去，看著自己日漸衰老，我很擔心自己有天會忽然死掉，那時便再沒有人照顧她了。」

她默默地吃著外婆帶來的東西，電視新聞又重播警察放催淚彈的片段。麗俄見到立即放下碗筷不停地哭。護理院的人認為她的情緒太壞了，帶她去看精神科醫生。

在醫生面前，她不停飲泣。醫生也摸不著頭腦，勉強認為她可能患上了創傷後焦慮。給她幾片安眠藥丸便打發了她。服藥後，她可以睡四五小時，半夜醒來便不住的哭泣到天明。

兩星期後，外婆再提著麗俄喜歡的餸菜去探望她。她見到外婆到來，立即撲上去摟著她說：「婆婆，我很想念你，為什麼這兩星期沒有來？」

龍婆婆喜出望外，高聲說：「麗俄終於講話了！」

她哭著告訴外婆：「是我害死了爸爸！」

埋在深處的自責和憤怒，竟令她不能說話四十年。

恐懼與失落

敏慧沒上學三個月了，老師和學校社工找她的父母，她的母親總是生氣地說：「我也想知她在哪裡！暑假未開始，她便去遊行、示威，後來跟同學一起往『前線』，整個暑假也不在家。叫她別去冒險，好好讀書過兩年考好文憑試，她卻說：『都沒有將來了，考好文憑試上了大學又有什麼意思？』後來跟爸爸吵了一架，我們不再給她零用錢，以為這樣可以令她乖乖留在家裡，沒想到她就這樣頭也不回地走了，只在我們上班時偷偷回來，家傭說她淋個浴大吃一頓便出去了。打電話給她她不接，發短訊給她她不覆。我叫她回家拿零用，她確是回來了，但又再跟爸爸吵起來。他打她罵她：『我打你是希望打醒你，你以為去堵路吃催淚彈就可以改變世界嗎？簡直不自量力！』她反駁：『就是你們姑息這個政府，自己應有的權利也不敢去爭取，現在我們出來為你們爭取已經失去的，你們不但不幫忙，還處處礙手礙腳。』爸爸摑了她幾巴掌，她頭也不回地走了……」

媽媽找不到她，卻從她外婆那裡知道她暫時住在教會安排的地方，沒有上學，在網上學習。媽媽擔心她會受傷、被捕，擔心得每晚也睡不好。爸爸喝了幾瓶啤酒拍枱大罵：

「別再理會這個衰女……當生少一個！」

敏慧知道外婆把她的近況告訴媽媽，她故意告訴外婆她打爛地鐵站、擲汽油彈，目的是要嚇媽媽和爸爸。事實上她什麼也沒有做，在手機見到哪一區要人，她便跟手足到那裡去，有好幾次幾乎被防暴捉住。

她跟著別人到中大，在二號橋上吃了不少催淚彈。後來又響應號召去了理大。進去之後方知中計，警察把他們重重圍住，裡面有不少人肆意破壞，不知什麼時候出現了很多汽油彈。她不肯定裡面的是人是鬼，她跟幾個相熟的朋友悄悄躲起來，也查看校園每個角落找逃生出路。網上傳來各種逃出去的通道，她擔心那也是警察的圈套，後來確定有人依某方法逃了出去，她跟幾個中學生也跳進了污水渠，黑暗與惡臭，她分不清那是泥漿還是糞便，足足有小腿那麼深。不知走了多久，見前面有光，她拼命前行，整個人沉在水裡，她以為自己會死掉之際，忽然豁然開朗，見到天空和一起出來的幾個手足浮在水面笑。她希望可以回家，明天好好上學去。

創傷後

敏慧早上起來，像過往幾年一樣，準時上學去。

自小一起，她從來沒有遲到，品學兼優不在話下，升上中五後，才上了幾天課她便沒有再回校，只有幾個跟她一起「勇武」的同學和兩個老師，知道她在「前線」。

同學問：「很久不見，到哪裡去了？」她不想再提，便隨便把同學打發了便算：「病了幾個月，整天在咳，醫生又查不出什麼原因，在家悶了幾個月……」

一個知情的同學見她回來，感到非常興奮，擁抱著她耳語：「沒有被抄下身份證號碼吧？我們有個手足跟著校長出來，抄下了身份證號碼才讓她回家去。」

她輕聲回應：「不要在學校說這些，小心隔牆有耳。過幾天聚一聚分享一下彼此的經歷。」

相比在街上吃催淚彈或在理大惶恐渡日，能夠無憂無慮地上學，她感到非常幸福。她希望永遠可以平平安安地過日子。

她仍然關心社會動態，卻暫時也不會出去的了。

兩個星期過去了，每晚她都睡得香甜。昨夜，她如常睡去，卻突然醒來，全身為汗水所濕，她感到窒息，心跳得很快，她感到驚恐，全身顫抖，不是快要變瘋就是快要心臟病發死去。

她在理大平台東躲西避，跟她一起進去的「勇武」，忽然變了便衣警察，向留在校園裡的人射催淚彈和橡膠子彈，她聽見有人說：「那些甲由捱不到明天的了，他們做夢也不會想到，食物和水裡都給下了藥！」她非常害怕，以手機通知她那組的手足，叫他們別吃任何食物別喝水也別相信任何人。手足的回應：「別神經過敏製造分化。」

餓了一天，她已經沒有氣力，見到一群蟑螂從身旁走過，她想捉幾隻來吃，可她手腳太慢了。她追著蟑螂，走進黑暗的地道，忽然掉進泥沼，惡臭的糊狀物體不住上升，她的手、肩和頸也埋在泥漿裡，她不能動彈。隱若見到泥沼上浮著很多屍體，有些已發脹，她驚呼，突然泥漿湧進她的嘴巴，把她整個人也淹沒了……

她無法再睡。即使睡了也從相似的夢中醒來。

白天，她坐立不安、無法集中、恐慌、顫抖。污水渠或催淚彈的景象經常在她心裡湧現，膽戰心驚。

她不敢看報紙也不敢再看電視新聞，到地鐵站也不能。她無法上學，整天呆在家裡，覺得人生不再有意義……

新生

敏慧無法外出，呆在家裡，連電視新聞也不能看，偶爾電視畫面出現示威片段，她會立即閉上眼以手遮臉、把電視關上。家人為了遷就她，大家也不看電視。晚飯後一家人坐在沙發上看手機，敏慧最初也可以看手機覆短訊，後來見朋友傳來示威的短片，她看了感到非常害怕，立即把手機掉在沙發上哭了起來。

她以為不看電視、不看手機、不看報紙便會安心。當她無所事事的時候，心裡卻會突然湧現過去幾個月她在街頭煙霧裡的情景，水炮車的藍色液體突然向她射過來，她大哭甚至覺得皮膚刺痛。最令她難受的是被困理大孤立無援、沒有人可以相信，又餓又渴躲了起來，日夜也無法睡，惶惶不可終日。

她知道她已回家很安全，且父母也原諒了她，又沒有被警察抄下身份證號碼，只要她不再做「前線」，她應很安全才是，然而當日的恐懼卻在她心裡縈繞不散。她叫自己不要再去想，可她的腦袋像不受控制似的，心裡總是泛起一種不祥的預感，令她膽戰心驚、坐立不安。

晚上算是最難過的時刻，當全家都睡了，她卻在床上輾轉，無法阻止的恐怖回憶與噩夢交替了不知幾次，窗外還是漆黑一片，她希望第一線晨光快來，可她只覺自己永遠在黑暗裡。

終於可以入睡，她聽見自己在打鼾。她見到藍色的巨浪滔天而來，很快把整個理大淹沒了，痛苦的呻吟從四方八面傳來，她無法站穩，隨著藍色刺鼻的波濤飄進一個漩渦，她見到不少手足也像她一樣掉進漩渦裡愈轉愈快。忽然跌進一個黑洞，她什麼也看不見，慘叫的聲音在洞裡迴環，她要踏前一步，正要用力，她大驚，感到自己踏在別人的身體上，那人慘叫、嘗試推開她的腳，她失去重心，要跌倒了，幾個人在慘叫，她壓在別人的身體上。

突然傳來碎肉機的聲音，恐慌的慘叫聲和血腥的液體向她沖過去，她淹沒在那些液體裡，被沖進一條窄長的管道給卡住了。她覺得死神已經走近，她不想就這樣死掉，她要活下去，遠處傳來微弱的光，她已不再理會那是幻覺還是出路，她要爬向遠處的光，她愈掙扎管道愈緊，她已筋疲力竭，已無法前行。突然後面傳來很大的壓力，管道變寬了，她給擠了出去，浸泡在血紅的液體裡，她把頭伸出水面，吸了一口氣，然後痛快地哭了。維港海面飄浮著百萬人，朝陽從鯉魚門升起，血紅的海水給鍍上了金色。

她醒了，陽光刺眼，她感到餓，也想上學去。

虛幻旅程

早上四時，你已醒來，上了廁所再躺床上，可再也睡不著，輾轉一會，起來拉開窗簾，外面漆黑。你好像聽見一位女孩在窗外自言自語，她說什麼？你聽不清楚，你把耳朵貼近玻璃，你聽見她笑，她像對別人說：「輕聲一點，他會聽見。」另一個年紀較大的女人說：「他早晚會聽見，怎麼了？你對他有興趣？」

她們的對話令你毛骨悚然，四十七樓面對大海，窗外連鳥兒也難以立足，怎可能有人停留窗外。你以震顫的聲音問：「你……你們是誰？」老婦對女孩說：「他好像要跟我們說話！」女孩說：「除非他瘋了，他該聽不見我們的話！」

你忍不住問：「你們到底是誰？為什麼躲在窗外？」老婦與女孩突然消失。跟著一位男士在窗外說：「他喜歡到尖沙咀吃狗肉！」你立即回應：「我不吃狗肉。」那男士再說：「他會宰殺家裡那頭唐狗！」你澄清：「我不殺狗！」老婦又再出現：「他不殺狗便會被狗咬死！」

你不敢留在房間，立即走到客廳，那幾個人像在跟著你，你離家跑向地鐵站，跳進車廂。你感到整個車廂都變了。燈光暗了，乘客很擠但沒人有表情。你聽見有個男人說：「他快要死了！」你感到害怕，你高聲說：「我不會死！你們到底是誰？」

整個車廂的乘客也望著你。你好像聽見有人竊竊私語：「他有精神病！」「看他不住自言自語，肯定是青山出來的。」「他痴線的啊！」……聲音很清楚，你已分不清那是幻覺還是真實。但你真的看見有人在說話。

你低頭不敢望向別人，車廂裡每個人都好像在取笑你。有人悄悄用手機攝錄你自言自語自己對自己笑，卻沒人伸出同情之手。你也許沒察覺，車廂裡有十多個手機鏡頭對準你，你的每個眼神與表情都給攝錄，然後發送到各大小社交媒體。有人還自鳴得意為你改名為「自說自笑男」，並封你為「妄想大俠」。列車還未到站，影片已在瘋傳，車廂裡的人都在低頭看影片，有人偶爾抬頭見到你就是影片中的人都大吃一驚往別的車廂走。

你感到非常害怕，已分不清是自己瘋了還是車廂裡的人比你還要瘋！

抑鬱

她是個中學教師，在那所名校教物理學已有二十寒暑。她喜歡教書，每年看著年青人升上中四，也目送著念完中六的年輕人離開，到世界各地的大學展開人生新一頁。她教過的學生有當了議員、醫生、律師、演員、大學教授，也有警察、高官、郵差、的士司機、雞檔老闆……她同期的同學有的已升為校長，也有的轉了行，而她仍然醉心教物理學，也算是個非常幸福的教師。

暑假跟丈夫帶著兒子歐遊個多月回來，知道有半班學生經常到示威熱門地點，其中有兩個學生參與示威被捕，她力勸同學別再走到街上去，不值得為一個不理民意的政府浪費生命。大多數同學被她打動了，尚有三四個憤怒青年仍在「前線」，她非常擔心，下班回家一邊吃飯一邊看電視新聞直播，到了午夜筋疲力竭也不願意去睡。不看直播會感到不安，可是見到有人放催淚彈有人受傷、被捕，她又憂心忡忡無法入睡。

躺在床上輾轉，睡著了也很快從噩夢醒來，夢裡她見到她學生的眼睛被子彈射中爆炸，半邊頭給炸開了，她哭著叫：「Miss Tam，救我呀！」旁邊一個為警察打氣的人說：

「活該！該把甲甴頭射得粉碎，看你還能否擲磚、堵路！」另一人回應：「積點口德好嗎？那孩子才十多歲，給射得那麼傷一生也完了，人血饅頭真害人不淺……」

醒來，胸部像給大石壓住，感到快要窒息，心跳得很快，她哭了。看看鬧鐘才是早上四時，窗外仍然漆黑。她想再睡一會，卻再也無法入睡，個多月了，情況愈來愈糟。

白天，拖著疲乏身軀上班，感到很累，平日只要進入課室，她總是陽光燦爛說個不停；今天卻感到力不從心，完全沒有半點興奮或快樂的感覺，她甚至覺得自己再也無法把學生教好，誤了同學的前程。她希望課堂上有昔日的白雲藍天，可緊跟著她的是一大片烏雲。

她失去了餓的感覺，才一個月，衣帶寬了兩吋！漸漸，她只希望永遠躺在床上不要起來、不要上班，又或者睡著了不再醒來。

她覺得自己從未好好照顧丈夫和兒子，把所有精神都放在學生身上。

她知道該起來做運動、上班、見朋友；卻發現平日輕而易舉的事，今天要做原來是那麼困難。

洞穴拯救的啟示

二〇一八年七月二日，在泰國清萊府被困洞穴九日的野豬足球隊及教練一行十三人終於被英國潛水專家發現在洞穴裡奇蹟生還，至七月十日全部獲救，到了今年（二〇一九）七月，正好是獲救一周年。

皇家精神科學院周年國際會議請來了泰國教育部長 Teerakiat Jareonsettasin 醫生來講述整個拯救行動的過程及對被困者中短期跟進的情況。由 Jareonsettasin 醫生來講述這拯救事件可算別具意義。他是以獎學金形式負笈英倫深造精神科，也取得了英國皇家精神科院士銜。回國後當精神科醫生，後來成為教育部長。也在這時野豬足球隊被困，他正要負起整個救援工作。

主持講座的 Mark Berelowitz 正是 Jareonsettasin 醫生在英受訓的督導老師。

Jareonsettasin 醫生很謙虛地講述整個拯救行動的經過。他指出，最初大家也不太清楚孩子去了哪裡，後來有進一步資料推算，因下雨水位上升，孩子被困睡美人洞穴裡。一個更大的考驗來了，沒有人清楚知道洞穴的結構，剛好一位曾經進過該洞穴的英國潛水專家到了當地，他也不知道洞穴的詳細地形。孩子已被困九天，生存的機會愈來愈渺茫。七月二日，潛水專家深入洞穴四公里，發現十二個足球隊員和教練仍然生存，被發現時他們情緒平靜，不覺恐慌，令發現他們的潛水員也覺驚訝。

泰國政府設法拯救，同時也要安撫家人和應付來自世界各地的記者。最後有來自不同國家超過一百五十個潛水員參與整個拯救行動，以繩連著洞口至孩子藏身處，每二三十公尺便有一潛水員就位。問題是孩子不懂潛水，學習需時，在三四公里潛水過程中孩子稍有掙扎或恐慌便有生命危險，可能令參與拯救的潛水員也有危險，總之不容有失。花了些時間，待國際專家訂出一個最可行的方案，政府全力配合。

專家決定先為孩子注射氯胺酮，然後分數批把孩子從注滿水的洞穴運出來。若中途孩子出現不安，可增加氯胺酮的劑量。家長們聚在洞穴外一起為孩子祝福，誰也沒要求先把自己的孩子運出來。誰先出來都交由專家決定。洞穴裡的孩子也沒有爭著先出去。最後他們決定，身體較弱、開始出現問題的先出去。家長和政府也不披露拯救行動的詳情，以免對孩子造成不必要的影響。

野豬足球隊的抗逆能力

Jareonsettasin醫生繼續說：「家長沒有要求先把誰的孩子拯救出來，因為他們相信所有孩子都會回家。孩子獲救之後不讓他們立即見傳媒，是為了避免在傳媒追問下為孩子帶來不必要的傷害。」

他先後多次親身見過野豬足球隊的隊員，連他也感意外，孩子和教練都沒有出現創傷後焦慮的任何徵狀，詳細查詢後他得到一個結論：即使被困黑暗山洞中欠水欠糧十多日，孩子根本從未創傷過，所以沒有出現專家們預期的創傷後焦慮障礙。為什麼這隊青少年足球隊有那麼強的抗逆能力呢？

他認為孩子們從小便在森林、山野和洞穴長大，他們懂得跟大自然相處，知道即使遇上困難，也總會找到解決的方法，遇上開心事他們會走進山洞慶祝，遇上水淹山洞，他們知道往更高的洞穴走，他們相信走到最高點便可能很近地面，其他人會找到他們。他們自小也見過洪水泛濫的景象，雨停了水位便會下降、洞穴的水下降了他們便可走出山洞，最重要的是讓自己活著。他們的樂天心理和對山川的認識，令他們相信可以離開山洞。他們相信可以回家，便有一種驚人意志令他們在黑暗中撐著。有時隊員會害怕，其他隊友立即支持他令他往好處想。

他們也懂得野外求生的方法，只喝從岩洞滴下來的水，洞穴積存的水可能已被細菌污染了喝下去會生病。他們又把物資集中起來省吃省用，希望可以捱到出洞的一天。

也慶幸教練做過幾年和尚，他可以教隊員放鬆及盡量休息以減低不必要的消耗。同時孩子們輪流敲打石頭，希望外面的人可以聽到。

除了「相信」和掌握基本生存技能，最重要的是服從教練的指揮，發揮團隊精神。而足球隊本身也要服從領隊指派。

他的話似乎在告訴世人，抗逆能力是與生俱來的。經驗和知識也可以大大增強自己的抗逆能力。

山野長大的孩子瞭解大自然的變化，即使被困也是小現象，只要保有希望，好日子就會來。

你也可以有很強的抗逆能力

Jareonsettasin 醫生講述野豬足球隊一行十三人被困山洞十多天，獲救後完全不見有創傷後焦慮的徵狀，準確一些說他們都沒有創傷過。令出席演講的數百個精神科醫生大感意外。大家心裡疑惑：我們對抗逆力的理解是否需要重新界定？

Jareonsettasin 醫生也認為十二個足球隊員和教練都有很好的抗逆能力，才令他們被困十多天仍然生存。他跟他們面見時，心裡總有一個問題：他們都只是普通人，完全未接受過求生訓練。什麼可以令這十三個人被困十多天卻沒有創傷後徵狀呢？

據 Jareonsettasin 醫生詳細整理會面的資料後，發現足球隊員和教練在被困時有以下想法。

十三人都「永不放棄」。相信只要活著便可以離開山洞回家去，他們沒有想過也不擔心會死在洞裡，反而有些孩子因為沒有告訴父母便跑了出來，害怕令父母擔心而內疚。

他們都知道洞裡水位正向上升，相信只要向上走便能接近地面。又或者停雨之後，水位下降，「情況便會成為過去，相信我們可以解決當前的問題」。

「我們得互相鼓勵、扶持。」有時候個別隊員會感到沮喪和擔憂，他們便會互相令彼此的心境回復希望。

「我們必須互相幫助！」

「我們必須集中所有人的力量一起去解決問題！」他們互相幫忙，穿過狹窄的通道一起往上走。又把所有食物集中分配，每人都吃最少分量，準備要在洞裡捱一段日子。又把電筒集中，在必要時才用。大家輪流休息或以石頭撞擊洞穴希望外面的人可以聽到。

「我們感到有希望！」

「事情會成為過去！」大水退了便可回家去，可以繼續踢足球上學去。

「我們必須團結一致！」在這時候爭執、抱怨只會浪費精力影響每個人的情緒，確定了一起活著出去的目標便一起去為這目標而努力。

「有時我們會情緒低落，這時我們會想些開心的事令自己振奮起來！」保持著樂觀心態。

「我們必須服從教練的指揮！」教練是他們最信任的人，他教他們以各種方式包括靜坐、呼吸、集中等方法令自己保持冷靜。冷靜下來腦袋才能正常運作，好好思考各種脫險的方法。

有隊員獲救後回到家裡，「感到世界變得不真實」。

一隊從未接受過抗逆訓練的青少年，竟做出了抗逆課本所列出的各種如何經歷逆境的方法。不禁令人去想，抗逆是否是與生俱來不需學習也曉的呢？

第二章：浮生若夢

人類因何不再快樂？

二次大戰後，大街小巷田野滿目瘡痍，人類享有的精神與物質都貧乏，即使不少人都失去至親活了過來，就憑一句：「好了，戰爭結束了！」又重燃起人們的快樂，期盼著將來可以安穩生活不再感到生命受威脅，他們為重建更美好的生活而努力，盼望以後有可以睡覺的地方，有收入可以充飢，感到十分幸福。

能夠生命不受威脅地活著，隨之而來我們便會有更大的要求：希望有機會可以吃頓好的；穿上得體新衣服；不要再住山邊木屋、樓梯底或騎樓底，或居無定所，總之要有個地方大一點安全一點，不用擔心半夜祝融或僅有物品也被偷去。發夢也希望賺很多很多的錢可以住大屋、坐汽車、有自己的生意。每個月賺多十元八塊，便會樂上幾天，為了獎勵自己，去了咖啡廳喝個優惠時段的下午茶，這樂事已可常掛嘴邊跟人分享一年半載。聽見朋友到高級餐廳鋸牛扒，你會非常羨慕，盼望自己有一天也能試試。

同時我們希望有個伴，不要過孤獨的日子，以後可以互相扶持，病了有人照顧，迷惘沮喪有人傾聽開解。跟自己相愛的人組織家庭生幾個孩子，一家人每晚熱熱鬧鬧地吃飯。

有了個床位或一間木屋，我們希望上樓。有了公屋、居屋或私樓單位，我們的要求也高了，希望可以擁有較大的房子，希望搬到名校區方便孩子入學，搬到九龍塘、半山或南區。只要我們對生命仍有盼望，我們仍可活得快樂。

有了老婆，便要求她賢淑、照顧頭家還要出外工作；嫁了個喜歡的丈夫，除了要求他全心全意愛自己，更希望他可賺多些錢、體貼入微。總之彼此的要求大大提高了，彼此的缺點也愈明顯。打從開始一起生活，彼此互相欣賞的優點便會貶值？也許有一天你醒來忽然發現：「為什麼我會跟這個人同睡了幾十年？」

還記得五六十年代的香港吧？大量移民湧入，山邊、天台長出了很多木屋，人浮於事，找工作不易，那時親友間都有人情味，總會互相幫忙，你沒工作沒收入，來我家吃飯多個人多雙筷，鹹魚青菜卻是一生難忘的一飯恩情。親友總憑自己的經歷驕傲自信的對你說：「別擔心！香港地有手有腳你休想餓得死！」這句話對當時失意的你是何等窩心！

慾望是個深淵

五十年代，你隻身來港投靠姨丈，姨丈住在山邊木屋。他們一家七口，你來港後無依無靠也只好到他家暫住，跟三個表弟們睡地板，白天得把被鋪收拾好，放上兩張摺枱，是五個表弟妹做家課溫習的地方。

姨丈姨媽白天去工作，姨丈是一間辦館的「先生」，姨媽在一間暖水瓶廠工作，有時要加班便得在廠裡過夜。

姨丈每天回家，吃過了晚飯便在煤油燈下埋數。家裡的大小事務由五個孩子負責。

大表弟才十三歲，在附近一所中學念書，每天放學買餸回家才開始溫書；排行第二的是個表妹，念小六，她是個利害的角色，是家裡的大主管，負責煮飯及指揮弟妹做家務，跟哥哥一起協助弟妹把練習完成，且她年年考第一，又代表學校參加校際運動會，在一百公尺及二百公尺賽跑也奪了不少獎牌。

她考進一所出名的中學，但她擔心花太多時間搭車沒空照顧弟妹而寧願跟哥哥一起上附近的中學。姨丈姨母只說：「只要你肯努力，到哪裡讀書都一樣。」在他們心裡，覺得孩子有機會讀書便好，總比自己年輕時只讀了幾年書強。

你找到一份紗廠的工作，在荃灣，很遠，即使有廠車接送，每程也花上近兩小時，又要經常加班，你只好住工廠宿舍，放假時才回去探望他們。昔日你在內地，念過幾年書，跟著在田裡幫忙，從未正式上過班也未收過工資。有糧出、有個床位也有東西吃，你覺得那裡已是個天堂。

你努力工作，勤奮加班，累得收工便睡。除了按時寄錢回鄉接濟兄長，每個月你也儲下不少錢。

轉眼五六年，工廠大旅行到紅梅谷，你認識了一位在中環上班的秘書小姐，你們很快便熱戀起來。為了她你到夜校學英語、考車牌，到中環去當見習生，紗廠老闆欲升你職也無法把你留住。在一所大貿易行做了幾年，你們膽粗粗的開了自己的貿易公司，她也不理會父母的反對搬了出來跟你同住板間房做無飯夫妻；那時要租一間較好的房間不易，即使板間房也表明「有孩莫問、免炊」。

她跟你每天都到不同的大小工廠看，也跟大行的朋友飲茶，好不容易經朋友的關照，你開始有了第一張訂單——十五籮餐具，你們跑了兩個月，好不容易付運了貨才鬆了口氣。賺了幾千元的你們把鈔票數了又數，那種感覺比起今天你賺了幾億還更滿足。

失去了肯定與欣賞的能力

你們的生意愈來愈好，餐具、衣物、日用品、汽車零件、電器……總之有客要你便去找供應商；同時你們也引進國外產品如衣物、廚具、洋酒、皮鞋……如是出出進進，才幾年時間，你們的公司從上環一個小單位搬到中環一個海景單位，由最初的兩口子一腳踢到有數十員工多個部門的企業。

你們做生意的理念出現分歧，你希望善待每個員工讓他們分享成果，她只希望建立賞罰分明的管理制度，只有努力工作為公司帶來盈利的員工才有花紅。你跟顧客議價時也每每過份小心及賺的利潤太微薄而跟她爭拗，你認為該長做長有，顧客賺了錢一定會翻單，她則認為生意大了可只集中幾個可付更多錢的顧客去做，少做些賺多些，不用增人手搬寫字樓，更具成本效益。你認為做生意講個信字，打個電話一封電報或見面握握手便是協議，不用聘律師訂合約，她卻認為有合約方能保障彼此。

你們為此爭論不休，把問題從辦公室吵到家裡，但家裡已有四個幼兒，還有她的父母，都令你們不方便吵架。你們只好在上班途中的汽車裡吵，你開車她不停說話，有一回你負責的一個大客收了貨卻破了產，弄得公司出現經濟困難要舉債渡過艱難時期，她怪你以老一套的方式去做生意，沒有合約的保障結果吃虧的是自己。她不停強調合約的重要性，你給氣得很想將車撞向路旁的石牆死了便算。

漸漸你覺得她變了，她變成一個貪婪、自私、自以為是的暴君，無論怎樣努力也想不出她有任何值得欣賞的地方，你當初欣賞她的體貼、友善、熱情，善解人意，都不見了。她又何嘗不是這樣看你，她覺得你猶疑、不思進取、沒有自信和不肯改進自己，總之是一堆淤泥，她也想不出理由為什麼每晚還要跟這堆淤泥同睡。

在公司或在家，你們都不愛跟對方說話，為了不讓她在車裡嘮叨，你聘用了司機。漸漸你跟她在工作上出現了自然的分工，她負責見客、議價及人事管理，你則專心看著生產和品質，有了這分工，表面上吵少了，卻已習慣了彼此不再說話；兩人同床共枕卻各感寂寞。

某天，你對她說：「我們是否該好好聊聊？」

她立即回應：「我們還有什麼好聊？若不是為了孩子我早已把你趕了出去！」

重建聯繫

你長歎息以紓緩內心的激動，看著她咬牙切齒地說著這樣的話，你心裡的火又旺了，你本來想主動冷靜地談談大家的問題，但每次她都這樣決絕地回應，你感到非常生氣，也有點意興闌珊，你真想像她一樣說幾句發洩的話，但你更清楚，說話並非你強項，情況已是那麼糟，在她心裡你大概是一無是處的了，戰事一觸即發，你不住深呼吸，你得把怒氣盡快消除，你轉望窗外，繼續緩緩地呼吸，你不住叫自己冷靜別生氣。

過了二十分鐘你仍在生氣，你立即到洗手間把自己的臉浸在洗手盆裡，冰冷的水令你清醒過來，你對著鏡用手輕拍自己的臉再笑，緊繃的臉像放鬆了，你再提醒自己：「千萬別激動，她的目的在惹你生氣！」你回到沙發上坐在她身旁，你左大腿的皮膚貼著她右大腿的皮膚，若是昨天她一定會瞪你一眼便把你推開，可今天她卻沒推開，你也沒自己走開，她的臉上展現了近日少有的笑容。此刻你竟然有點不知所措。

初次約會的一段回憶重現心頭。那個黃昏，你約了她到維多利亞公園，在公園走了一圈，然後在較少人的一角找張椅坐下，沒有月色，卻有蚊子，你的左大腿貼著她右大腿，她在微笑，你的左手伸過去搭在她肩上，她稍傾身軀依偎著你，一陣風過，她的長髮披著你的臉，一陣淡淡幽香衝進你的鼻孔直達你的大腦，你有點醉，你想也不想地吻了她……

「都幾十年夫妻了，你還顧慮些什麼？」你問自己。她似乎早看出你欠了些鼓勵，她把身軀靠向你半閉著眼含情，你此刻接收到很確定的訊息，你伸出雙手摟著她吻她，不知過了多久，你們停了下來，雙手互執四目交投，她端詳良久：「你多了不少皺紋，已見半頭華髮！」說話時一臉憐愛。

你笑著輕撫著她的臉說：「你還是那麼美麗動人，頭髮上的氣味也一樣。」

「我們有十多年沒有像今天一樣聊天了。」她說。

「我們因為工作一開口便爭論，不！應該是你不停地批評我！我害怕便不敢跟你說話。」你說。

「你剛才不是有話要跟我說的嗎？」她問。

「不如我們先去公園散個步，然後……」

幸福的耐受性

你拖著她的手到公園去，你們在散步，遊人很多，樹已長得很高，三十多年前你們愛坐的椅子不見了。她說：「我們有三十年沒來過這公園了！」

你回應：「是啊！那時我們剛在一起生活，住板間房，我又要上夜校學英語，那時做辦公室助理收入微薄，放工或放假只能行公園，那時我們很開心，因為我們有個目標，希望有錢可以開公司搞生意自己做老闆。沒想過當了老闆之後我們更忙，同樣沒空去看電影或到露天茶座喝個下午茶，連到公園散步的時間也沒有啊！」

她有點不滿地說：「你還好意思說，當年你答應帶我去容龍別墅及雍雅山房喝下午茶，等到容龍重建了，雍雅山房賣掉了也沒去。還有你說過將來生活穩定了，一家人每年去一兩次旅行，除了老大畢業我們全家去過一次澳洲外，我們離港都是為了公幹！」

你也慨歎地回應：「是啊！時間過得真快！轉眼三十多年。我們的老四都在當實習醫生了，我們也實在再無需為子女供書教學憂心了，這三十年只是死做爛做，為了買樓，有了間六百呎的，老三出世了，又想買間一千呎的，到老四出世了，我們又要買間有六間房的獨立屋。跟著我們送孩子上最好的學校，跟著我們不停買房子炒股票，我們這三十年實在沒有好好生活過！」

她挽著你的手跟著你慢步前行，她叫你不要說話，像昔日般享受斜陽、花香、鳥啼、微風。一朵紅棉掉下打中你們的手，你們抬頭望，藍天下一樹紅棉盛放，你們忍不住一起歡呼：「實在太美！」兩人立即對望一起說：「我們很久沒有一起說著同一句話了！」

再往前行，見到雪糕檔，檔主已換了人，你們買了兩條菠蘿雪條，開心吃起來！

她說：「雪條的味道還是差不多，吃起來卻沒有當年的那種滿足感。當年你一口我一口的總覺得很好吃，兩人吃一枝雪條便已非常愜意。」

你回應：「還記得我們賺到第一個一百萬嗎？我們拿著銀行戶口簿看了又看，興奮得幾晚也睡不著！」

「還有，搬進第一間自己買的房子時，我們每晚都坐在窗台上看飛機升降不肯睡覺，其實那房子又小又吵可我們住得特別開心。為什麼今天我們住半山複式全海景有陽台的房子還是悶悶不樂的呢？」她接著說。

快樂是多為別人籌謀

你們從恩愛的一對變成每天爭吵的一對，習慣了每天吵架，即使爭吵之後很難受，你們也愛每天為雞毛蒜皮的事吵一場。即使大家承諾不再吵架，過不了一星期，你們還是要吵一場。不吵架那一天人生總是像欠了些什麼似的。

近日，你覺得吵架一點也不好玩，無論她說什麼你都不攻擊，你嘗試以欣賞的方法跟她相處。很快分開已久的心重新聯繫起來。對話與分享取代了吵架對立，幸福的感覺也回來了。

某天，你遇上了昔日紗廠的舊同事，他跟你的年紀差不多，看上去卻比你年輕，他如常穿一件舊T恤一條牛仔褲踏著一對運動鞋。幾十年不見，說起近況自是有說不完的話。

他在紗廠工作到八十年代，工廠北移了，他也跟了上去當廠長，做了幾年開荒牛，見內地同事已掌握了所有的技術，他便回流香港，開了一間單車店，做了幾年，子女大了，便把單車店交給徒弟去打理，他跟老婆趁年輕到內地走遍了名山大川，見偏遠落後地區的農民很窮，孩子又沒機會讀書，他回來後跟朋友談起，一班熱心人便搞了一個扶貧助學的組織。過去二十多年，他帶著老婆在山區來來去去，建了一所又一所的學校，在港時總是四處找人捐款，不少學生已大學畢業，帶著新的思維回鄉協助其他農民改善耕種方式，又或者已出國深造。

他興奮地說：「你永不曉得一個農村小孩將來會變成怎麼樣。他可以是改變世界的人物，倘若他沒機會讀書，他便會繼續留在農村，重複著他父親及爺爺走過的路，守著幾塊瘦田聽天由命。當他踏進學校，他的生命便徹底改變。這二三十年我見到很多孩子因為讀書而改變，不只他個人改變了，整個家族或整條村也因他而生活得更好。」

他四處助學而他自己則依然兩袖清風。他跟老婆和母親住在一個有三房的公屋單位，廚房的小窗還可以看到維港煙花，他有七個兒子，都大學畢業了成為專業人士，他感激當年特區政府售賣公屋的政策，數十萬買了那單位，孩子長大搬了出去，也不用搬到較小的單位去住。

你問他怎樣才可以像他一樣快樂，他笑對你說：「知足常樂，多為別人籌謀少為自己打算會令你更快樂！你的錢幾世也花不完，不如拿去幫助有需要的人。」

生命因你……

你跟著舊同事阿張到內地遍遠地區去，你以為助學扶貧是要在那裡建學校或在財政上支援他們的生活。航機降落後，你們步行過一圍欄，提著自己的行李便離開。一輛小型客車已在等候。阿張告訴你，去的地方要乘兩天的車才到，只要汽車進入補給站，便爭取時間上廁所，他更說：「去得愈遠，洗手間衛生條件愈差，你們得有心理準備。」

汽車跑了六小時，你們便在一個看似小鎮的地方休息，那個小鎮的房子都是古老平房，街巷很狹窄，卻堆滿了人，旅館倒是清潔幽靜典雅。旅館曾是清朝一巨富的住宅，幾經改動便成為今日遊客愛住的旅館。鎮上有幾所新建的中學，附近的山區學童念畢初中，便到鎮上的中學上高中，每年念高中的住宿生活學習開支也要四五千元，一個農民家庭月入一兩千元，實在沒能力送孩子上高中，有些孩子連上初中也沒機會呢。

第二天早上，你們起程到山區，車子離開小鎮便走上一條顛簸蜿蜒的泥路，四小時後便到達一所學校，你已全身痠痛，幾乎連離開汽車也有困難。一腳便踏在雨後的黃泥漿裡，學校的課室簡陋，遇上雨天課室非常暗，幾個只有十五火的燈泡令同學無法看清油印課本的文字。老師介紹，有十多個學生每天早上摸黑走個多小時山路來上課，放學後又要步行個多小時回家去，他們已經很幸運的了，有些孩子因住得太遠而沒法出來，又或者要到田裡去幹活父母不讓他們上學。同學都用功，老師也盡心盡力，你實在非常感動。尤其是肯在山區教書的老師，你對他們非常尊敬。住的地方條件不好，工資比到珠三角或長三角打工低了一大截。

村裡的領導和校長希望添一輛小客車接送學生上課，又希望建一幢學生宿舍可以讓偏遠的同學到來，你一口答應有關的費用，還建議請外籍英語老師到來教初中英語。

那夜，你和妻子被安排到一位小五男生家家訪和過夜，男生姓馬名興國，有一個十五歲的姊姊念中三，跟爺爺、嫲嫲和一個姑姑同住，父母都跑到深圳去打工，家裡有幾畝水田和一片竹林，得到志願者的幫忙，他們家養了一群羊和百多隻走地雞。他的家是一座古老房子，裡面非常暗，卻有一台二十三吋 LED 電視機，馬爺爺說：「晚上電力供應不足，有時看不到電視。」

你們在屋裡坐了一會，馬興國的姊姊慧瑾送上一杯清茶，你呷了一口，感到那種清香幼滑，忍不住說：「好茶！」馬嫲嫲笑著說：「這是自己在竹林裡種的茶，摘了才過清明，山野之地實在沒什麼好東西！難得你們欣賞。」跟著她吩咐慧瑾拿斤茶葉送給你。他們讓你們睡孩子父母的床，那房間幽暗，卻打掃得清潔，被子和床單有點殘舊卻非常乾爽，還有少許陽光的清香。馬嫲嫲非常好客，劏了雞還買了魚和牛肉，當然有從田裡摘回來的蔬菜。

晚飯時，馬爺爺說：「這房子快四百年了，我還是個小孩時，我的爺爺在和平後把房子重修過一次，十幾年前我們村有了水力發電，鄉下地方年青人沒有出路啊！我的兒子去外面打工。剩下一對孫和小女兒在家，耕田收入太少，想吃口飽飯也不易。這裡沒有中學，孩子只能念到小學。」

第二天早上，你們跟著馬家姊弟回學校，他們還有一個任務，到鄰村去接一個六歲的小女孩回學校上課，小女孩叫李靜，爸爸也是到深圳打工，媽媽在李靜未滿一歲便跑了，家裡只有個八十多歲中過風不良於行的爺爺。他們一家只有幾片旱田，只可種些玉米或土豆，一家靠李靜爸在深圳賺錢生活，還要每月花錢看醫生。爺爺在家便得靠鄰居照顧；若沒有無償小學，她根本沒機會上學。

回到學校，你們跟同學一起上課，查看他們的作業，又跟一班同學聊天，你問他們的學習生活，他們都幾乎給你近似的答案：「我們喜歡上學，在學校除了學會知識，我們更學會了怎樣做人。學習壓力不輕，我們還能應付；放學回家天未黑，我們還得到田裡去幹活、餵雞、餵豬、趕羊……若不是香港來的善長，我們的生活不會得到改善，我們也可能沒機會念書，因為你們，我們從此活得不一樣。」

阿張眼泛淚光回應了幾句：「同學們用功學習讓我感動，二十年前我第一次來這裡商量辦一所初中時，這裡只有兩間泥磚課室，後來得到很多善長的支持，我們在這裡建起堅固的鋼筋水泥校舍，每年我們的同學得到善長的支持都可以順利上高中，還有不少同學上了大學。同學們！其實我該感謝你們，讓我在你們身上看到了人類的未來！」

金錢的價值

自你跟阿張去了一次山區助學，你捐款建校舍，也在數年間資助了百多個孩子念高中，你接到同學寫給你信，你感動，無論成績好壞，你也親自回信鼓勵他們。更送上文具、字典等小禮物。每年，你都到不同的高中去探望資助的同學及他的家庭，有時你要為他們解決生活的問題，如春天要開耕了他們家還沒有錢買種子，又或者家人病了不知道找什麼醫生看，以至同學近視要配戴眼鏡，你也樂於協助。你知道同學考試成績好，上了重點大學，你比他們更開心。同學大學畢業了，你也會利用自己內地的網絡幫他們找工作。

除了內地，你也開始到東南亞及非洲去扶貧，協助孩子上學去，你對名利都不感興趣，你只在乎每個小孩生下來都可以讀書，有了知識便可改變自己及家人的命運。

你覺得花一萬多便可資助一位年青人上三年高中是非常超值。一萬元對你來說，吃頓飯、買支酒、買件衣服也花了，過幾天也已忘掉怎樣把錢花去。相反將這些錢用作扶貧或協助同學念書，你可能完全地改變他的一生，你覺得把這些錢用作助學比花在自己身上更有意義。

你為不同機構做助學扶貧的義工，有時更比未退休時更忙。而且你在個人投資買賣時多了一個新目標，為山區的兒童籌務經費。你的生活變得更充實更有希望。

你資助的學生也許太多了。你的身體也再無法應付顛簸勞碌的旅程，你再沒法為每個同學一年寫兩次信，你印好了一段說話：「我知道你們很想見我一面，可是我來見你們便減少了時間賺錢資助別的同學了。倘若你要感謝我，在心裡說一聲我便會知道。不必親自來見我。又或者你可以記住接受過別人幫助的幸福，將來有機會請盡量去幫助一些急需幫忙的人，並把這種助人自助的想法和行為用你的方法去感染別人。」

到了一把年紀，你終於發現，身體健康、與家人關係良好、有人愛你也有人要你去愛、用自己有餘的精力和錢去幫助世上有需要的人，你便感到愉悅豐盛的了，至於財富，能維持自己的生活所需便已足夠。

歲月

退休不久，你的眼睛愈來愈不管用，即使換了新眼鏡，每隔兩三個月，又再看不清手機裡的文字，尤其看完報章、手機，再看電腦屏幕，文字總是模糊不清，一半看得見，一半靠估，要發揮很大想像力，才能明白文章內容。到了晚上或稍暗的環境，你的視力變得更糟，眼科醫生說：「你有輕微的白內障。」

回到家裡，孩子們都不回來吃晚飯，只有你跟老婆吃。你對她說：「年紀大了，眼睛開始看不清楚了。」

她咀嚼一塊雞肉，吞下後說：「六十幾歲人才開始看不清楚，已經很不錯。我自認識你那天，眼睛便出了問題，不然怎可能跟你一起生活四十年。」

醫生建議你把白內障摘除，你卻擔心手術做得不好會完全失明。天增歲月，轉眼七十歲到來。有一天，老婆從淋浴間出來，你看見便忍不住說：「老婆，你身上的睡衣很皺，可否熨平才穿上？」老婆怒目瞪著你說：「你說什麼？我還未穿上衣服啊！」你知道再不接受白內障摘除手術，遲些會連老婆也無法認出來。

手術前你很擔心，跟老友聊天時，不住問他們摘除白內障後是個怎麼樣的世界。一老友回應：「從醫院回家第一天，老婆從浴室走出來，我見到立即嚇了一跳，心裡想哪裡來了隻惡鬼。」

老婆不知哪裡弄來一瓶面霜，用了幾個星期，對鏡不住的喃喃自語：「這面霜真管用，才數星期，臉上的皺紋和雀斑都不見了！」

她託人從內地買了幾十瓶回來，每個女性親友也送上一瓶，不住吹噓這面霜的效用，聽的人無不皺眉，過了幾個月，她再託人買了幾十瓶，親友卻不想要。

原來老婆的眼睛也出了問題，醫生為她摘除了白內障。張開眼見到周圍環境，她忍不住說：「從未如此清晰過。」見到你，她說：「剛才那手術做了很久嗎？為什麼醒來你已變得那麼老？」

她對鏡自憐：「原來我的雀斑和皺紋……」

你回應：「老婆，別擔心，看得太清楚，世上美好的東西會愈來愈少，但不用怕，適應了便會懂得欣賞缺陷美……」

階前點滴到天明

啟光五十五歲，跟他一起生活了近二十年的女朋友突然跟他分手，她說：「不是你的問題，亦非我們的問題，也沒有第三者，只是我到了這個年紀，希望可以趁還有氣力走更遠的路……有你在我總捨不得走得太遠……」

她是啟光妻子去世後的第一個女朋友，也是十多年來唯一的女人，自認識了她，他沒有再對別的女人望一眼。也漸漸失去了跟別的女人溝通的能力。

她要搬到酒店去住，他堅持自己搬回去跟媽媽同住。執拾了幾件衣服，便乘的士離去，連開了才一年多的名廠跑車也留下給她用。

的士開動了，他不住回望。他渴望見到她從大廈衝出來追著他叫他回去。的士遠離屋苑了，他仍然往後望。下雨了，遠景迷濛，他想起主人房的窗未關上，她總是個「大頭蝦」，不會想起要關窗，試過兩次，雨水把房間的地板也浸壞了。

他對司機說：「麻煩你駛回去！下雨了要回家關窗。」

司機回應：「沒有下雨啊！」他才曉得自己的淚水比雨絲濃。

「往前走，別再往後看！」他不住對自己說。他的頸卻不聽他的指示。回到媽媽家，媽媽沒有問什麼，只是像他兒時一樣，抱緊他輕拍他的背說：「先淋個暖水浴睡一覺再算！」她有六個女兒兩個兒子，五個離過婚，有人更分手多次，見慣這樣的情景，無需多問也知道是什麼事，除了關懷擁抱，說什麼也無濟於事。

他睡不著，打電話回家，沒人接聽。送她短訊，只收到冰冷的一句「早點睡吧！」，一種嚴寒的感覺從心向上湧，直到頭頂，然後在那裡結冰。他不住問：「為什麼會變成這樣？」想起明天要跟生意夥伴開會，他立即命令自己去睡。這是他得天獨厚的地方，無論何時何地面對什麼事情，只要他要睡，不消五分鐘便呼呼睡去，且一夜無夢。

起來、上班、忙碌，幾乎沒有想起過她。下班，如常乘地鐵回家，家裡無燈，西斜令屋裡變得很熱。打開大門，像進入了小焗爐。他心裡疑惑：「她很少在這時候還未回來！」

亮了燈，屋裡只有他一人……

書架上

啟光坐在沙發上，打開電視機，看直播示威者堵塞公路、警察放催淚彈，有走避不及的黑衣人被捕，他很擔心秀英不能回家，又怕她會被捕；他很了解秀英，遇上不合理不公義的事她必會挺身而出。

他不住打電話、發短訊給她，她也沒回應。晚飯也沒吃，電視繼續直播，他在沙發上睡著了。

醒來已是早上五時，秋意從窗隙滲進來，他身上多了一張薄被，暖暖的，他知道秀英已經回來。像往日一樣，見他在沙發睡著了，不忍把他叫醒，把薄被鋪在他身上免他著涼。還把他的晚飯準備好，只要放進微波爐加熱便可以吃。起來，到廚房打開雪櫃，晚飯就在眼前，他難過地抽泣。

對著電視新聞吃著晚飯當早餐，他想：「往後也許不會再……」他不敢再想。他只想好好記住這一切。他把每條菜、每塊肉、每口飯都小心咀嚼，他要永遠記住這種味道，直至患上嚴重認知障礙，也要好好記住這種味道。

吃過了飯，見時間尚早，他慣性地隨意拿本書來看，書架上每本書的位置他也記得一清二楚。那書架是他前妻潔瑜的遺物，是她的爺爺留下來的古董。他們一起買了這房子，客廳的中式擺設和裝修，也是配合這書架的。他長得高，佔用最高的兩行，她卻是個購書狂，才過了兩年，書架上大部分的位置也被她佔據了。

他們結婚、生了一對孖女，日子過得愜意。孖女剛上幼稚園，一家人歡天喜地到海洋公園玩了一天，回家路上，一輛大貨車從山上衝下撞向他們的私家車，潔瑜給送到急症室已返魂乏術。他在醫院住了個多月，幸好孖女只受了皮外傷。外婆把孖女接到加拿大，只有在暑假偶爾回來陪他。

潔瑜留下的書擱在古董書架上，全部變成了他的書。她留下的每本書，他也珍而重之，絕不讓它封塵或被蠹魚所蛀。

秀英搬來跟他同住，她帶來的書最初也放在預留的一行，隨著他們的藏書漸漸增加，書架上已再沒有個人專有位置。他的書和她的書已渾成一體，難分你我。

他看著書架，心裡泛起一種想法：「即使我們真的要分開，希望架上的書也能像現在一樣留著。畢竟書架上留著我們三個人的回憶。」

德輔道中的中午

即使分開了，啟光每天仍然打電話給秀英。

示威活動愈來愈頻繁，他如常打電話、發短訊給她，她卻愈來愈少回應。他有時回家去等她，到了午夜她仍未回來，看著電視新聞直播，她的辦公室樓下正放著催淚彈，他非常擔心，不住打電話給她她也沒接。

他得無奈地接受她真的要跟他分開了。他決定不再打擾她，不再回家去，也不發短訊給她，沒想到這竟是他一生最難辦到的事。他拿起手機，輸入文字，猶豫應否把訊息送出，又把文字刪掉，把手機擱在一旁，過了一會，他又重複著相同的動作。每個晚上，從晚飯後到午夜，他也在重複地輸入、刪除訊息。忍了一個多星期，他無法再阻止自己送她一句問候。她沒有回應，他失望、擔憂。

星期一午飯時分，他如常跟同事到附近餐廳吃午飯。走過德輔道中，人潮如鯽，不少人蒙面穿黑衣，有人舉起五隻手指喊口號，一同事說：「中環上班族真的比旺角和深水埗的人優雅，連示威也斯文過人。」

防暴警察突然出現，指他們非法集會要他們立即離開，否則使用武力。另一位同事說：「有無搞錯！這裡是中環！午飯時間這幾條街總是擠滿了人，這也叫非法集會，那麼我們星期一至五中午也在非法集會！」

說時遲那時快，幾團冒煙的東西向著他們飛過來，電光火石間他們處身煙霧裡，眼睛劇痛，無法呼吸。看不清前路，一腳踩空便倒在地上，頭撞硬物，伸手一摸，頭髮濕了頭皮極痛。他很害怕。

一位義務急救員走過來說：「啟光，有我在別擔心！」他從未想過，朝思暮想了幾星期，會在這麼紛亂的時刻相遇。她為他止血、洗眼，即使痛也感到幸福。他說：「我終於明白你為什麼離我而去，其實沒必要這樣做。」

她把他交給救護員，輕聲對他說：「你得到醫院去作檢查，回家再跟你說個明白。」

他頭上的傷口給縫了四針。她接他出院後把他送回家，又要出勤到旺角去。他輕輕擁著她說：「不用擔心我，事事小心！要我接『放學』立即打電話給我，我會機不離手，鈴聲、震動齊發，即使睡著了也一定會醒來。」

鶼鰈

一家人四代同堂吃飯，老大為他再添一杯紅酒，你瞪著他，他笑說：「今天這麼開心，你也喝少許吧！這是一支極罕有一百分的酒！」說罷他便把紅酒遞到你面前。你很小心地輕輕呷了一口，忍不住說：「好酒！」跟著你抱怨：「在你家快八十年了，你從未請我喝過這麼好的酒！」

他笑著回應：「每個月發薪我都把所有錢交給你，連上下班也是走路的，哪有錢買酒給你！活了一輩子，養大了七個孩子，莫說喝酒，連每餐有飽飯吃也不容易。記得那年經濟蕭條老闆沒錢發薪，我們連糴米的錢也沒有，你買了些米碎回來，我吃了一口便指那些米很難入口，你對我和孩子說：『吃吧！在這時勢有口飯吃已不容易了。』你帶著孩子穿膠花才捱過來……你照顧了我一世，我真的不曾好好報答你！」

你立即回應：「都老夫老妻了！照顧你是我份內事。回想起來，假如沒有你，我的遭遇可能很慘。那年我才十三歲，父母為了養活兩個弟弟要把我賣掉，爸爸帶著我到你家，你媽見到我便很喜歡，可你祖母卻嫌我太瘦不好生養，爸爸絕望地求你媽：『若不是大旱失收我哪裡忍心把女兒賣掉，要賣也最好賣給一戶村裡的好人家可以常來看看她。若你家不肯要，我只好明天帶她去見陳姑娘（當時鄉鎮裡的老鴇）！』你那時忽然對祖母說：『嫲嫲！娟姐在學校很照顧我，就讓她陪我讀書吧！』祖母最疼你，只好依你的意思去做，卻不忘提醒你：『我也認識阿娟一家，也知她是個勤奮顧家的孩子，浩然啊！你要知道把阿娟買回來是要她當你老婆啊！』你說：『我喜歡她！』便漲紅了臉跑開了。大人們大笑起來，你爸這時立即說：『廣哥，就把阿娟交給我們，我們會待她如親生子女，這些錢你先拿回去，我會吩咐下人送幾擔米到你家，先解決吃飯問題。』若不是你的一句話，我往後的日子一定很坎坷的了。」

七歲的曾孫女若希問：「那時曾祖父有多大？」

你笑說：「他只有九歲。在鄉下童養媳通常比她的未來丈夫大幾歲，照顧他到十五六歲才完婚。」

六歲的曾孫慶維追問：「太嫲，那麼你幾歲跟太爺洞房？」他的問題惹來哄堂大笑。

失散於茫茫人海

你歎息一聲後回答：「我進了李家後，沒過了半年日本鬼子便來了。你太爺的爸爸在香港有生意，聽見日本鬼子要打過來，便要我立即回家叫父母收拾，我們全家跟著李家一行數十人水陸兼程逃去香港。那時你們的太爺還是個孩子，我長得比他高出一個頭，逃難啊，他總是拖著我的手不放，走到沙頭角，那裡兵慌馬亂，人很多，我們分成六隊過來，走失了便自己到跑馬地預先準備好的居所集合。人太多了，我給擠得鬆了手，他被人群向前推去左邊，我獨自一人被推到右邊，我們在茫茫人海中分開了，我很害怕，怕以後再也不會遇見他，我那時什麼主意也沒有，讓人群把我推向前。不知走了多遠，人群散開了，我跟著疏落的人群往前行，直到前面沒有人，站在分岔路口，我迷惘了，到底往左邊還是右邊走？我不知道！想拿出地址看看，才發現地址不見了，只記得我要去跑馬地。

「又餓又渴，我以為會死在荒山野嶺，見到路旁有座墳，碑前還放著些祭品，糕點已被雀鳥或老鼠吃了過半，我毫不猶豫地把所有能吃的都塞進肚裡。到了第二天，見到一個騎著水牛的大男孩經過，才知道我走錯了路，進了一條村，我問他跑馬地怎去，他皺眉說：『跑馬地在香港島，很遠啊！要走兩天路再搭船才到。我有個表哥在中環住，過幾天他會回來，到時他帶你去香港，你便不會再迷路。不如你先跟我回家去住幾天等表哥來。』

「一住幾個月，他的家人待我不錯，我閒來幫忙煮飯及到水田去工作，他的父母很喜歡我，不住叫我留下來。他的表哥終於回來了，可他帶回來的消息是太平洋戰爭要爆發了：『日本鬼子要過深圳河進攻香港，逃到香港避難的人又要逃走，留在村裡可能比住在跑馬地安全。更何況你連地址也沒有，跑馬地很大，逐家逐戶去找可能要找一兩年。』

「我還是跟了他去中環，暫時住在他表哥的家，每天都到跑馬地去找，很幸運，到了第五天，我在街市碰見家裡的傭人嬌姐。

「她見到我便哭了起來說：『大媳婦！你跑到哪裡去？全家人都在找你！形勢危急，大少和兩個妹妹兩個弟弟跟著父母昨天上了船到英倫去，其他家人隨著老太太去了桂林，家裡只留下幾個下人。大官表示要找到你他才走，昨天還哭了很久不肯登船呢……』」

等待的日子總是過得慢

「遇上了嬌姐，以為可以見到浩然，可惜他早一天已登船到英倫去。家裡只有我和幾個傭人，我實在悶得發慌。幸好爸媽和兩個弟弟也來了，且住在附近，閒來我便回去陪他們。在家無所事事，便看書看報紙。每天都盼望郵差叔叔帶來好消息。新聞紙的頭版都是戰爭的消息，什麼南京失守遷都重慶我也不太關心，當我看到德軍轟炸倫敦便擔心了。街上所有的人都議論紛紛，大批日本鬼子帶著精良武器在大亞灣登陸，準備進軍香港的消息傳遍每個角落。市民都討論著去或留的生死攸關的問題。父母想回鄉避難，可故鄉已落入日本鬼子手中，我提議他們去新界的農村暫住，父母可以耕田，但兩個弟弟便不能上學。

「我又去找騎牛哥哥的表哥，我們一家跟他回鄉去避難，原來那個地方叫船灣，那條村叫什麼名字已記不起，今天那條村已沉在船灣淡水湖底。父母在村邊租了田地搭了所寮屋，便在那裡暫住下來。騎牛哥哥彭樹強跑來喘著氣說：『蘿蔔頭已過了深圳河，一兩天便到我們這裡，你們得盡快躲起來，尤其是你——阿娟，蘿蔔頭最愛黃花閨女，你得裝扮成一個男人。』幾個蘿蔔頭軍人在一個鄉下人帶領下到村裡走了一圈，詳細地每家每戶看一遍便對那個鄉下人說了幾句，那個鄉下人對村民說：『這裡從現在起由日本皇軍管轄，他們會定期來收取徵稅，你們務必守法，任何跟皇軍敵對的人只有死路一條！』蘿蔔頭間中到村裡巡邏，拿了村民的雞鴨瓜果便走了。也許村裡太窮，也許招呼日本人的那幾個鄉下人都為自己人說了不少好話，除了不能四處去，基本農村生活總算過得不錯。

「下田插秧除草或去放牛，又過一天，我還是每天想著浩然一家，想著他會寄信回來，可那時我根本無法回跑馬地。時間一天天過去，兩個弟弟也長得比我高，父母常抱怨：「若不是蘿蔔頭，我們還可以在鄉下安居樂業，兒子可以上中學。」彭樹強和他表哥常來我們家，也帶我們到附近去捉魚蝦。

「某天，我在田裡幹活，彭樹強跑來興奮地說：『蘿蔔頭投降了！中國抗戰勝利！你可以去英倫找你的未來夫婿，我也可以去英倫找我的表妹。』那夜我睡不著，心裡想著浩然該長得比弟弟還要高……

恍如隔世

「和平了，我立即到跑馬地看看李家的人是否回來了，找到了嬌姐和兩個留下的傭人，她們說沒有浩然一家的消息，過了不久太夫人帶著孩子回來，他們也沒有到英倫去的一家人的消息。跑馬地的房子塌了一半不能住，李太夫人便帶著全家回鄉去。我沒有跟回去，只好跟父母住新界。騎牛哥哥彭樹強真的跟著他表哥搭大船去英倫，我給他浩然的地址託他去找浩然。差不多半年後收到他的信，表示從來沒有李家的人搬進那房子去住，移民局的人表示很多船在戰爭中被德軍擊沉。我那時萬念俱灰，打算隨便嫁人在香港落地生根，就在媒婆上門說親時，一個身高六呎的大孩子跑到我家大叫我的名字。」

曾孫慶維打岔：「太爺終回來了！香港淪陷那幾年太爺到底走到哪裡去？」

太爺浩然答：「小孩子快吃飯，別問三問四阻著太嫲喝酒！」

你讓慶維坐在你身旁，你呷了一口紅酒後忍不住對老大說：「喂，大哥！你哪裡弄來這麼好的酒？快給我添滿一杯！」浩然瞪住你說：「你這人真麻煩！不准別人喝卻不管自己，有高血壓和糖尿病還喝那麼多！」

你笑望他說：「好酒當然要多喝！誰曉得明天還能不能喝？快說啊！慶維問你那幾年到哪裡去了？」

他呷了口酒說：「上了船我便開始哭，掛念著你們的太嫲啊！過了幾天，船長忽然宣佈前方有戰事，船要靠岸不能前進，下船之後那郵輪便給蘿蔔頭炸了。我們留在馬來西亞，那裡給蘿蔔頭佔了，想寫封信卻無處可投，日軍投降了，花了幾個月才找到船回香港。家裡的下人說阿娟要找婆家便立即趕去，幸好還趕得著，平日每天想她，等到她站在我面前，我卻不相信那是真的。戰後百廢待舉，物質缺乏，我們回鄉拜過祖先、一家人吃了頓飯便算結了婚。

「那時內地政局不穩，我們都搬到香港來，我滯留在馬來西亞時在農場做過學過種菜養雞，兩口子又不太懂英文，與其去打工不如搞自己的農場。經一個同時滯留馬來西亞的朋友介紹，我們在元朗買了一幅農地，開了一個小農場，搬進場不久老大便出世了，那年我們養了三百隻雞，從雞苗到送出去墟市賣，只夭折了十隻。我們種菜、養雞，賺了錢又買下附近的地，雞場愈開愈大。附近的農民也爭相開雞場。沒想到附近農場的雞發瘟，我們的雞也受感染了，藍冠病令我們千多隻雞死剩四十多隻。」

日子再難也會過去

太爺挾了塊鮑魚給你：「先吃飯吧，飯菜都涼了！還重複著咸豐年代的故事，不悶嗎？」

你吃了繼續說：「那年我們糟透了，我們等著用賣雞的錢去找買飼料的數，一清場真的血本無歸。太爺對著一座小山那麼高的死雞發呆。」

「這時候太嫲抱著一個背著一個拖著兩個孩子走到我身旁輕拍我的背說：『老公！別難過！只要一家人齊齊整整，日子再難也會過去。你看著孩子，我到墟裡買些石灰回來，先把死雞埋了，再將雞場徹底消毒，等過了年我們再賒些雞苗回來，再過一百二十日我們便有肥雞送到雞欄去賣。』我對著四個孩子說：『這回可慘了！年關怎過？沒錢結賬人家明年便不賒飼料給我們！』興華才七歲，剛念小二，他安慰我：『爸，我們還有幾十隻雞活著，足夠我們一家過年吃！還有，我們今年不買新衣服。』」太爺說。

老大興華接著說：「老爸對著死雞哭了！」

太爺立即回應：「我不是為死雞哭，我只是被一個很生性的兒子感動了。半天後，太嫲用木頭車推著十多包石灰回來，我們在果園挖了幾個十多呎深的大坑，將所有死雞掉進去，再在上面灑上石灰，再蓋上泥土，阻止病毒擴散。跟著我要做最難為情的事，就是到飼料店求朱老闆通融一下，待我們四五個月後賣了新養的雞才結賬。但一個大男人實在很難開口求人，一天拖一天到了年廿七，再過一天他們便休息過新年了，你們的太嫲帶著四個孩子去飼料店對朱老闆說：『我們實在迫不得已才無法在過年前結數，求你通融……』她未說完朱老闆便打岔：『我們也是小本經營方便農友，遇上雞瘟也沒辦法，李家農場已是多年老主顧，難道我可以見死不救嗎？更何況你們一家大小還要吃飯！』說完他取出幾包糯米粉和一包蔗糖對太嫲說：『回去煮煎堆蒸年糕好好過年，過了年便會事事順利！』在我最困難時太嫲總是身先士卒為我出頭，有這樣的老婆是我一生最大的成就。」

說完他又問：「喂！興華，還不為媽媽添酒？都六十幾歲了，還是反應那麼慢！」

老大立即笑著回應：「只要爸媽喜歡，好酒是喝不完的！」

他為你們添酒。你對太爺說：「你有三高，還喝這麼多！」他笑答：「高興時多喝一點無妨！」

嘉道理農業輔助會

曾孫女若希問：「太嫲！雞瘟之後，政府有沒有幫助農民買雞苗讓你們可以重新開始？」

你呷了口酒回應：「那時殖民地政府一時間接收了幾十萬新移民，光是搞好治安已經是個大問題。市民只能自求多福。

「正當我們為籌錢買雞苗而煩惱，一個外國人和一個本地人走進我們的農場，那個外國人說了幾句英語，那本地人立即翻譯：『外國朋友向你們打招呼問好，他是嘉道理先生，他問你們有什麼需要幫助嗎？』浩然太爺往英倫不成滯留馬來西亞時學會了少許英語，便立即跟嘉道理先生握手以英語說：『歡迎來到舍下！嘉道理先生，我們真的極需幫忙，但我們無功不受祿。更何況我不認識你，不知道你有何企圖。』他們二人以英語交談了半天，後來經太爺解釋才知他們談論了什麼，原來嘉道理兄弟見戰後大量逃避戰亂的農民來港，他們便創辦了嘉道理農業輔助會（英語簡稱 KAAA），幫助來港的農民靠自己一雙手在這裡安居樂業。他問我們要不要豬和雞，見我們的雞寮已殘破，便問我們要不要水泥將雞寮、水井維修一下。真的是渴時一滴如甘露，在我們窮途沒路時來了個天使，我們要了一對豬、一百隻雞苗和十多包水泥，他又提議我們向輔助會借免息貸款買飼料，把雞和豬養大賣了才還錢。我們在農場的水泥地上用碗碟的碎片砌出 KAAA 四個英文字以表達我們對輔助會的感謝。

「我們把雞養大賣了再買入數百雞苗，我們的農場得以繼續經營。至於那兩頭豬，養大了沒有賣出去，他們交配之後，過了幾個月，母豬生下九隻小豬，把小豬養大賣了，我們蓋了個豬場。我們去農業站上養豬養雞學習班，學會了怎樣將不同的原料混合起來養豬和雞，也學會了為雞豬打預防針、辨認禽畜患病的徵狀及簡單的治療方法。用上了科學的方法去飼養，豬和雞也長得快、夭折率大大減低。不知幾次，我們的資金不足，都會向 KAAA 借錢周轉。

「就這樣我們養大了七個孩子，人人都事業有成。老大興華希望協助我們打理農場，中學畢業後便到台灣去念農業，大學畢業回來又為我們的農場改革，我們買了更多農地，利用雞豬糞作有機肥料，開始種菜、水稻及蓮藕。」

我們的農場在哪裡？

曾孫慶維說：「太嫲，農場的生活看來很好玩，我一定要去看看！」

你輕撫他的頭說：「你問爺爺農場生活是否好玩？六七歲便要在農場幫忙，別的孩子還在睡夢中，他和弟妹五時半便起來，七兄弟姊妹分工合作，有人到田裡幫忙收割菜心、芥蘭，有人負責餵雞餵豬，然後吃早餐上學去。放學回家，做完家課，便到田裡去幫忙，或到雞豬場收集糞便堆肥。放假的日子也得工作，沒時間學鋼琴、繪畫或補習。農忙季節，可能從早到晚戴著竹笠在田裡工作，連吃飯也在田裡。連續三四小時站在水田裡插秧或收割，還要趕著水牛去犁田耙土，腰酸背痛不在話下，連走每一步雙腳也很痛啊。每個孩子都給曬得比炭還要黑。可你爺爺還是很喜歡農耕，連考到港大機械工程也不去念，卻跑了去台灣念農業。」

慶維續問：「爺爺不是一所上市公司的老闆嗎？我在他書房的公司年報看到他的文章和照片。」

你笑著回應：「他大學畢業回來在農場做了十多年，弟妹都出身了，剛巧那時飼料店的老闆要移民，他便以很便宜的價錢把生意買下，我那時也曾擔心他會做不來，沒想到他看得很遠。那時他說：『香港人口會急增，經濟水平會提高，食物的要求也愈來愈高，從事農業生產該大有可為。連政府也在引進更優良的豬種雞種，養豬養雞的農場只會愈來愈多。更何況我有同學在台灣和美國生產飼料，有了他們穩定的供應，這生意一點也不難做。』他做了幾年，便買地建立了自己的飼料廠房，生產自家品牌的飼料。這時政府要發展元朗，推土機和泥頭車已到近墟的村口，政府人員、鄉紳和地產商的代表甚至有自稱某堂口社團的人經常到農場來，你爺爺那時提議：『高速公路會經過我們的農場，政府一定會收地的了，若要繼續經營便只好北望神州，珠三角是很適合耕種和養殖的地方，我們可向鄉鎮公社租地或合作開農場，當香港繼續城市化，農業生產基地一定北移，更何況那裡有極便宜的農民工，我們可以搞個很大很大用上現代農業管理的生產基地，一個不留神引入了新的農業技術，更可讓內地的農民富起來。』

「我們的農場搬到內地不久，香港的農村經濟破產……」

當農村消失的時候

也許你還記得，雞場最後一籠雞送了上貨車，推土機已開到農場門口，村裡的農場不是結業便像你們一樣搬遷了，卻只有你們搬到內地去。本地的農場未結束，內地農場已開始賣雞，內地菜場已開始把菜送到香港蔬菜統營市場。

你們戰後便在那裡生活，在那裡留下了一生中最美麗的回憶。老大學成歸來你以為可以振興香港農業，沒想到剛開始不久農場便要結業，幸好他在台灣念書時跟同學到農村鄉鎮去看過，他見到台灣城市化令大量年青人離開農村，同時農民的生活日窮，工業化令農村經濟破產，他對香港城市化也有一套看法：「現代農夫不可能一生在城市裡耕種、養雞，城市的擴展會把我們的農地吞噬，農民只好被迫游牧到更偏遠的地方。」他叫我們賺了錢便買地，沒想到後來被政府收地或把土地賣給地產商得到的利潤是那麼可觀。也成為你們投資內地的重要資本。

幾年間，大量內地蔬菜、禽畜供港，且比本地出產的便宜，進一步打擊本地的農夫，小農戶已無法維生，農地不是荒廢了便給填平了成為貨櫃場，雞寮、豬欄也租了給別人開工廠。你們也搬到內地不久，內地人很快學會了你們引進的現代耕種和飼養禽畜的方法，菜場、雞場、豬場等愈來愈多也愈大。老大的飼料公司也搬到內地去，生產禽畜飼料、藥物變成了大生意，而他的公司也上市了，你們一直打理內地的農場，沒想到上世紀八十年代鄧小平南巡之後不久，你們的農地很快被工廠圍住了，工廠漏出的污水流向農地帶來了嚴重污染，泥土裡的各種重金屬和有毒物質都嚴重超標，你們只好把農場結束，那年你們退休了。後來有人在農地上建了幾十幢住宅。

當你還是個小孩，因生活困難父親帶著你到李家留下，你大概也不曾想過會走到香港來當農夫，然後城市發展把你們趕回鄉下去。數十年間，鄉間也迅速城市化，你們也只好退休，老大則成為巨型農業公司的主席，業務遍佈世界各地。其他六個孩子則全是專業人士，對耕種畜牧沒興趣。

退休後，你們四處去，到加拿大跟大女兒住幾個月，冬天便到澳洲探老七，他在那裡當精神科醫生，有個很大的私家診所，日子大概混得不錯。其他的孩子都在香港，每年你們也愛花幾個月在港熱鬧一下。

情深

九十一歲生日過後，你突然說話不清，右手無力，浩然立即把你送到醫院去，他也算了不起，八十幾歲了，平日乘的士去那醫院要二十分鐘，他開車到急症室也只用了十分鐘。家傭扶著你坐在後面，他一邊開車一邊叫你別睡去，又命家傭叫你保持清醒；你想叫他小心開車，可你的喉嚨再也不受指揮，連嘴唇也像失控似的，唾液從嘴角流出來。

你已記不起醫生為你做了什麼檢查，你只記得很多穿制服戴口罩的人在你旁邊忙作一團，卻不見浩然的蹤影。你擔心自己沒機會跟他說句再見便離開這世界；你不怕死亡，活到這個年紀、四代同堂、經歷過香港淪陷、新界和內地高速城市化、香港回歸、跨過千禧、出席過孫兒的婚禮和葬禮、跟浩然一起生活了快八十年了，你已了無牽掛，唯一只是希望跟他說聲再見和感謝。

你想告訴任何一個在你身旁忙著的人你要見浩然，但你說不出話。他們把你送進一條管狀的隧道，很光、很吵、很窄，你見到自己要離開那個依附了幾十年的臭皮囊，你不想走你用力拉住自己的頭髮，隧道遠處的吸力太大了，你要離開了，突然聽到浩然說：「阿娟，快回來！快醒醒！」

張開眼，他關切、擔憂、眼泛淚光，你見到他時淚水也失控地湧出來。

他不肯回去，一直在醫院陪著你，累了便伏在床邊睡一會。到了第三天，你的右手右腳重新有力，說話也清楚了，他高高興興地接你回家。

你對他說：「多謝你陪著我給我七十多年開心的日子，若有來世也希望繼續做你老婆。能有機會跟你說了這句話我這一生已算完整無缺的了，即使現在就死去也無遺憾！」

他笑答：「在急症室時，醫生不准我進去看你。我想我要失去你了，但還得裝作鎮定通知孩子你的情況，當時跟你的想法一樣，很想說句感謝的話或大家有個默契作個印記待來生可以相認再做夫妻。現在可好了，我仍可每天說我愛你感謝你。」

回家後，你的記憶差了，往事還是歷歷在目，近日的事你卻總想不起。某夜你半夜醒來，一臉驚恐地說：「浩然，不好了！在夢裡我見到自己的來世是個男人，做不成你老婆了！」

他抱著你讓你偎著他說：「別擔心！可能來世我是女人呢！即使仍是男人，也可以成為同性的一對。」

你昏倒在家，他陪你到醫院去。醫生宣佈你死亡的一刻，他的心突然停止跳動。

傳說

當醫生告訴他你已死亡，他擔心你走得太遠趕不上，為了追上你他的心臟不再跳動。他昏倒時左手緊握著你的右手。醫生忙亂地急救他，其實他也像你一樣早已離開了自己的皮囊，向著你追過來。醫生用力按壓的只是一具沒有靈魂的軀體，當然永遠不會醒來的了。

依你們的遺願，子女把你們的骨灰撒在高速公路旁的小樹林裡。這個小樹林曾是你們的農場的一角，種了幾棵荔枝樹，後來政府把你們的農場收了，在農場上建了高速公路，剩下的一小角則被荒廢了，那幾棵荔枝樹沒有被砍掉，長得有三十多呎高。自你們離開了農場，你們以為整個農場已被毀，沒想到二十年後舊地重遊，本想憑弔一下昔日的居所，卻意外發現當年你們親手種的荔枝樹仍然高聳生長，連你們昔日在樹幹上刻上表達愛意的圖案也清晰可見，只是長大了很多。你們悄悄地重新擁有那片小樹林，閒來會到那裡散步。同時也決定將你們的骨灰撒在那裡。

離高速公路約一公里有一條古老村莊，村民進出也要經過那片小樹林再穿過高速公路橋底才可出市區。他們當然沒有人知道小樹林裡的荔枝是誰種的，但他們進出村莊也愛在小樹林休息乘涼。他們更把這小樹林改了個親切的名字——「大樹下」。不知哪一天，一位夜歸的女士經過小樹林，見到一雙老情人在大樹下卿卿我我，看樣子又不像村裡人，她心裡奇怪：「這兩個老人家為什麼半夜裡跑到這裡來。她跟村裡人説起，原來很多人也見過那對白髮戀人，他們都形容那對戀人恩愛、友善。連小孩子見到也不會害怕。

人口急劇增加，高速公路旁的農地建了幾十幢高樓。小樹林旁邊建了一所中學，幾棵荔枝樹在校園一角，每到六月大考，樹上都長滿了沉甸甸的荔枝。

某年九月一日，一位中一男生走進校園便立即到荔枝林，心裡覺得這地方很面熟，好像從前來過似的。他低頭沉思，一位中一女生走近，心裡也感到這幾棵荔枝樹似曾相識，連站在樹下的男生也很面熟，看見他心裡湧現一種很特別的親切感。她瞪著他，他抬頭望，四目交投隔著兩副眼鏡，他問：「你很面熟啊！我們是否在哪裡見過？」她笑答：「夢裡？前世？別想得太多，我們是幼稚園同班同學！」

騙局

錦泉念中五，跟父母和妹妹住居屋。他向來品學兼優，是班長也是學生會會長。不少女同學都想追求他，可他完全沒有興趣，女同學為他起了一個外號——絕緣體。

他也是出名的吝嗇，同學外出吃自助餐或唱K，他總說家裡有事不能出席。他甚至連看電影也捨不得。

去年暑假，他參加了一個內地考察團，認識了鄰校的一位女同學，她同是念中五，可她的科學根底不好，經她不住請求，他答應為她補習數學和物理。補習完畢，她有時邀他看電影或吃晚飯，初時他堅拒，後來她表示那是她想好好答謝老師的指導。

漸漸他覺得自己已愛上她，可只能悶在心裡不敢說出來。只要她找他，他總是立即出現。她邀他吃飯，他不敢拒絕怕她不開心。生日那天，她在餐廳為他搞生日會，並邀了幾十個同學到來，他輕聲說：「這樣不太好吧？我沒有錢結賬。」

她笑說：「錢方面不必擔心，我還可以應付得來。」

當晚她送了一台新的平板電腦給他，令其他同學羨慕。他的好朋友知道了他的近況，好意提他：「小心這女生！想想你有什麼強項值得她去喜歡，鄰校有個男生被她弄得神魂顛倒幾乎從學校天台跳了下來，那個男生是我表哥，她不住以自己成績不好要求他為她補習，以謝師之名送他禮物請他吃飯，然後告訴他她愛上了他。要見她父母了，她為他買衣服、波鞋，在她房間裡，她主動挑逗他，把他的衣服脱去。當他赤條條與她擁吻時，房門突然打開，她的媽媽拿著手機衝了進去。

「她哭著對媽媽説他想跟她發生關係可她未有心理準備。他感到錯愕，她的媽媽要報警，她跪在地上求媽媽放過他，只要他肯還錢給她便算。

「他問：『還什麼錢？』她媽媽激動地説：『你還裝什麼蒜？過去三個月，你不住向她要錢，為了買你怕只好把錢乖乖送上。加起來也有十一二萬……』

「他在慌亂之中，腦袋一片空白，只是顫抖地説：『她沒有給我錢，只有請我吃飯送我禮物，更何況那些禮物沒那麼貴！』

「她媽媽高聲説：『這個我不管，反正她每個月花數萬元在你身上，比叫「鴨」還要貴幾倍。你就簽了這欠單並承諾三個月內還錢，不然我絕對不會放你走。』

恫嚇

「表哥給嚇呆了，沒想清楚到底欠了人家多少錢便簽了欠單。他回家後把所有積蓄加起來也只有兩三千，根本無法償還十多萬元。他非常擔心，又不敢告訴父母，他睡不著也吃不下，她的母親卻每天催他還錢，好像早已知道他沒有錢似的。

「她一方面恫嚇他，若他到期不還錢，她便把他威脅女兒要錢的事告訴學校：『所有人都知道你是個大騙子，看你怎樣在學校立足！你玩完了！』他每天被她疲勞轟炸，他最後哀求：『我真的沒有錢，逼死我也沒用！』

「她見表哥真的沒有錢，便提議他為她工作賺錢，且工作時間很有彈性，不會影響學業。他第一項工作是到觀塘某商場的洗手間，把一個掛在廁格門後的環保袋放進書包，然後拿到尖沙咀碼頭，跟著有人會把環保袋拿去，每次他可賺到五千元。跟著的幾項工作也是很簡單，不是在去取垃圾桶旁的紙皮箱便是去取掛在路邊欄杆上的環保袋。

「短短個多月，他已完成了十多項工作，想著再過幾個月便把債還清，他心裡也輕鬆了。有時他也想過袋裡藏著的是什麼，可他只想盡快脱離魔掌，不敢隨便打開環保袋。在最後一次，他取了環保袋正要離去，幾個大漢上前把他捉住，搶去了他的環保袋。她抱怨他弄丟數十萬，逼他繼續為她工作，最後他被警察捉了，被控十多宗電話行騙……」

錦泉聽了好友的話已害怕得全身冒汗。他愛那女生，知道她約會自己可能是個騙局而感到非常沮喪。一方面欲叫自己盡快離開她，另一方面他卻自欺欺人地說：「或者好友只是作個故事愚弄我，她對我那麼好怎會……」他不敢再想下去。

手機響了，正是她的來電，要約他立即見面，猶疑半刻最後他還是去見了她。她抽泣地說：「我為你開生日會、跟你外出吃飯看電影的錢是媽媽的，我悄悄拿來用，今天被發現了，她要我立即把錢還她，不然她便逼我援交賺錢。不妨坦白告訴你，她不是我真正的媽媽，我也像你一樣，最初被一名男生追求，他請我看電影，借錢給我買電腦，忽然有一天那個媽媽突然打電話給我，說我逼她兒子要錢，若我不還錢，她便告訴學校和向我父母要錢，她要我把二萬元還給她，可我沒錢，她便逼我引誘家境較好的男生……我是真心喜歡你的，我不想騙你……」

錦泉冷笑：「是麼？有這樣的事？」

因為愛

她見他半帶嘲諷地冷笑，她心裡劇痛。她輕歎：「我知道很難令你相信我的故事。我是真心喜歡你，從認識你的第一天開始也未想過要騙你。她以為我在設一個陷阱讓你跳進去，前兩天她叫我快讓大魚上釣，以免夜長夢多。

「她逼我給了她你的手機號碼，又要我告訴她你的學校名稱，過幾天她會突然打電話給你要你還錢，並威脅要把你欺壓女生逼她要錢的事告知學校，你得及早提防，保護自己才可避過不必要的損失。」

她的話令他非常煩惱：「到底她在幫我還是騙我呢？」他實在無法知道。他還是很愛她，卻無法接受她在騙他。他不敢貿然信她，卻又覺得她在說真話，至少她沒有騙過他一毛錢。

「既然她已知道了我的電話號碼，她早晚會找我，我還可以做什麼？」他激動地說。

她叫他相信她：「首先你要盡快告訴老師和父母你在跟一個鄰校女生拍拖，她是一個被行騙集團操控的女生。第二，接到不明來歷的電話或短訊便千萬不要接，立即把它刪掉並阻止那個號碼送短訊給你。

「若你不理她，她會以其他方法逼你回應，如送上一張你回家時或從學校走出來的照片，也會以不同的手機送出相同的訊息給你，令你感到擔憂和害怕。你得保持冷靜，千萬別作出任何回應，讓她知道你害怕。她也許真的會告訴你學校或父母你騙了我很多錢，所以你記住一定要在學校和父母收到她的訊息前，告訴他們發生了一些你無法應付的事。

「學校知道有人逼你要錢，為了保護學生安全便會報警。你得跟警方合作，通常她會找來一個像我一樣的受害者去收錢，警方只會捉到那個受害者而無法找到她。除非我們也設一個局令她上釣。」

他開始相信她，但仍然一臉疑惑：「為什麼要幫我？」

她眼泛淚光說：「因為愛你，你令我下定決心不可以再讓其他人受騙！」

他回應：「若我報警，你身為幫凶豈不是也要被捕！」

她捉住他的手說：「我就是怕你因為我而變得軟弱。別擔心我，只有這樣做你才可以救我。」

一星期後，報紙頭條指警方成功瓦解一個專門以學生為對象的行騙集團，拘捕了三女五男，其中四人是十六至十七歲中學生，他們都是從一個被騙的受害者變成幫凶。

狗仔媽

鬧鐘響了，她立即起來，狗仔還在做夢。

她輕撫他的臉說：「狗仔，快起來！」

他掙扎了一會，坐起來，以手揉眼、伸個懶腰，一陣火腿炒蛋的香味飄過來，他立即起來漱洗。

母子倆開心地對著電視機吃早餐。每天他們只在這時看電視。電視機是中心的社工找回來的，家裡的大小電器也是一個循環回收組織送的。

吃過了早餐，他換上校服，檢查書包，看看是否已帶齊當天的家課。媽媽已弄好了他的午餐及晚餐，午餐放在餐盒連一個蘋果放在餐袋讓他帶回學校，晚餐則放在雪櫃，狗仔晚上加熱後吃。

狗仔在一所傳統名校念中二，他沒有補習，靠的是上課留心，回家努力溫習，中一時考了個全級第三。課後他參加游泳隊、童軍、合唱團和籃球隊，每天差不多七時才離開學校。回家，他先用鑊把晚餐煮熱，一面看武俠小說一面吃飯。

吃過了晚飯，他把碗碟洗乾淨、清潔廚房、把垃圾送到垃圾站，隔三天把衣物放進洗衣機；然後他佔用整張餐桌做家課。十時，他收起餐桌、淋浴、打一會遊戲機或跟同學發一會兒短訊便睡覺。

他上學後，媽媽也上班去。她只有四十五歲，在香港出生，父母跟兩個哥哥移居加州，一個姊姊嫁了去芬蘭。父母把一所舊房子留給她，一家三口本是生活無憂的。丈夫是個製衣廠的經理，經常往返內地，收入不錯。老闆把廠搬到中美洲，他也失業了。房子被收回重建，他患上肺癌，化療加標靶治療，最後他還是走了，所有錢花光了，還欠了不少債。

她帶著狗仔搬到工廈劏房去住。那時狗仔才念小三。班主任見狗仔的成績差了，約見家長又沒有來，便來一次家訪。按地址到了工廠大廈，升降機大堂傳來陣陣麵包和燒烤香味，地上滿佈油跡，到了七樓，找到二十六房，裡面光猛清靜，還有明月遠山。她等到晚上十時，狗仔媽還未回來，她欲離去，狗仔媽回來了。

往後，狗仔可以留校到七時，把家課做完、溫習好才回家，他的書包經常有各種罐頭，是因他的成績好或默書一百分班主任獎他的。

一次工廈大火後，政府取締所有工廈劏房，母子倆便搬到佐敦一間劏房去住。

總有一天好起來

從工廈劏房搬到住宅劏房，房間只有一半大，租金卻貴了一倍，所有家具、電器都不合用，連床也要買過。她沒有錢，業主倒是個好好先生，見她一個女人帶著兒子，不用多問，已猜到了他們的處境，除了主動以成本價把房子租他們，更給她一個電話號碼，讓他們好找到免費傢俬、電器。

他們搬進這個只有一扇小窗、打開便見到對面客廳、伸手過去可跟對面的人握手的小房間，狗仔媽有點惆悵：「這地方連一張書桌也放不下。永遠也見不到陽光，教我們怎住下去！」

狗仔安慰她：「媽，別擔心！買張摺枱，是飯桌也是書桌。有沒有陽光照進來也不打緊，我們可以在小窗畫上太陽，還有藍天白雲。再過幾年我們上公屋，情況便可立即改善。更何況這區的學校很好，只要我努力少許，一定可以入讀區內名中學！」

狗仔媽為了盡快把債還清，她只好做兩份工作，白天她是個跟車送貨的物流從業員，下午六時下班後，她便成為酒吧調酒員。每晚至少到十時後才下班，回到家裡每每已近午夜，狗仔早已呼呼睡去。她知道自己絕對不能病，傷風、感冒全身肌肉痠痛時，也會咬緊牙關，戴上口罩繼續上班。欠債還了五年，還剩一半，她已盡了最大的努力。

即使每天工作十六小時，她的感情生活還是精彩的。她有一個相處了三年多的男朋友，是一位水喉匠，比她年輕三歲，可惜他已婚並有兩個兒子。他曾多次表示要離婚然後跟她結婚。但她反對：「你老婆和兩個兒子也是你所愛，我不能接受因我而令他們痛苦！我們可以繼續交往，卻不要期望像其他夫婦一樣。」

他最後還是離開了她，她並沒有難過。相反她覺得鬆了一口氣，不用擔心自己會成為破壞別人家庭的罪人。

她曾經想過放下感情事，專心賺錢把兒子養大。可是，她畢竟是血肉之軀，一樣希望有人愛自己，有人明白自己。過了幾個月，她又有了新男朋友，這個男朋友是個電腦遊戲設計員，比她年輕十年，她對他沒有信心，只當他是個無聊時的玩伴。關係維持了一年，最後他竟因父母不接受她而跟她分手。她沮喪了幾個月，狗仔安慰她：「媽，別擔心！即使天下所有男人不要你，我也會永遠愛你照顧你！」

等了六年多，終於接到揀樓通知書，她把信看了又看喃喃自語：「好了！一切也好起來了，上了公屋，租金便宜了，可以更快把債還清。」

兩個媽媽

婚宴上，洪韻十指緊扣丈夫的手，激動地説：「這是我一生中最幸福的日子。上天讓我們走在一起。感謝爸爸、媽媽。還要感謝我的生母，她今天放下杭州的工作過來出席我們的婚禮。

「七歲那年我受傷入院，因嚴重失血急需輸血，可醫生發現我的血型是稀有的，血庫沒有吻合的血液，更奇怪的是爸爸和媽媽的血型都不是跟我的一樣，媽媽才告訴我我是收養回來的。

「病癒，心裡有一種強烈的衝動，希望可以見到我的生母。父母告訴我生母是他們製衣廠的民工，把我生下不久便回四川老家去了。每年暑假我都到工廠去陪爸媽，其實希望有一天生母會突然出現。可是每年暑假完結，我都是失望地回港上學。

「爸媽知我很想見她，特意向她的同鄉打探她的下落。過了十年，完全沒有音訊，考完文憑試的暑假，我到她的家鄉找她，可她住那條村在地震中埋在泥石中，不少村民死去。只有外出的村民仍然活著，可沒有人知道她的下落。

「我從未見過她，也沒有她的照片，很想知道她是否長得漂亮。媽媽說我跟她長得一模一樣。上了大學，我到過四川多次，很想找到她，總是未能如願。

「半夜夢迴，見到一個長相跟我一模一樣的中年婦人對著我笑，我想跑過去叫『媽媽』，可雙腳發軟無法起步。她消失了。我哭了。我怕她已不在人世。

「大學畢業了，在夢裡她出席我的畢業典禮，我要她跟我一起拍照，她笑得很開心，可照片中卻沒有她的蹤影，我很難過。

「跟秉權結婚了，我很想她出席我們的婚禮，但我知道這是個非常渺茫的盼望。兩星期前，我下班了，正準備跟秉權去看新房子，媽媽興奮地在電話中說：『洪韻，你在忙什麼？立即回來，一個你想見的人來了！』

「我心裡立即想起是她！秉權開車送我回家，我在大廈門口下車，連到停車場去也覺浪費時間。我跑進屋裡，客廳裡一個跟我長得一模一樣的中年婦人站了起來，不住對著我笑，我跑過去抱著她不住哭著叫『媽媽』，感謝上天，讓我有兩個媽媽一起疼我。」

只想他穿著媽媽親手為他做的衣服

洪俊跟老婆惠冰膽粗粗帶著幾個老拍檔把製衣廠從香港搬到家鄉。他記得幾幢工廠大廈的所在地，是豬圈與稻田。四五歲時他曾跟外公到豬圈餵豬，他記得某夜爸媽和三個叔叔帶著他悄悄地離家，走到江邊上了船，他睡了一覺便來了香港，他最初嚷著要回去，卻很快適應了香港生活。

中學畢業，他跑到製衣廠工作，做了幾年，老闆移民，便把製衣廠平賣給他，他跟老婆日以繼夜留在廠裡工作，生意太好了，把製衣廠從山邊木屋搬進工業大廈，好景數年，工資上升也請不到工人。只好應表哥之邀把工廠搬回鄉下。

那時的工廠大樓四周是地盤，塵土飛揚。得到表哥照應，很快便招了百多個外省民工，工廠順利投產。做了三四年，訂單大增，也租用了更多廠房。

某夜，惠冰吃過了晚飯回廠工作，見車間有燈，她心裡疑惑：「落貨旺季已過，誰那麼勤力在加班？」她要進去看看，一女工正用布碎車嬰兒服，臉上滿是淚痕，連衣車上也有淚水。她太投入了，連老闆娘走近也不知。

惠冰看了一會，見她抽泣且肚已少許隆起，便猜到發生了什麼事。她輕撫自己隆起的肚子心裡想：「她的肚子跟我的差不多大，大概也有五六個月吧！」想到她未婚懷孕，廠長知道了可能會逼她把胎打掉，她決定要幫她。她說：「這麼晚還在幹活，不累嗎？」她大驚，欲把快要造好的嬰兒袍藏起來。

「別擔心，我都看到了！孩子什麼時候出世？」惠冰問。

女工哭了。哭了一會她喃喃自語：「孩子能出世就好了！」

「為什麼孩子不能出世？」惠冰問。之後立即覺得自己明知故問。

女工到工廠上班兩年多，本有一個要好男友一起來，後來他回鄉做小生意，回鄉過春節回來便發現自己懷孕了。兩人本打算結婚，可男友遇上嚴重交通意外去世。她希望把孩子生下來，好歹為他留點後，她更知道這樣做要面對難以承受的壓力。

幾個月來她吃不下睡不著每晚躺在床上哭。她希望親手做幾件衣服給孩子，即使胎兒被打掉或生下來被送走，也希望他能穿上媽媽親手為他做的衣服。

惠冰再撫摸自己的肚子，輕輕拉住她雙手說：「若你不嫌棄，請讓我幫你，不過可能要委屈你一下，現在立即回宿舍收拾搬到我們那邊去住。」

龍鳳胎

惠冰把那車間女工帶回家，才知道她叫潘子韻。到了洪家，子韻被安排住三樓，房間有陽台花園。惠冰對她說：「放心在這裡住，不會有人騷擾你，待孩子生下來再算。我可以悄悄把你和孩子送回家。」

子韻哭著說：「要是生下男孩，我會帶他回去交給他爺爺撫養，若是個女孩，我只求你收養她，我可沒能力帶著孩子生活。把女孩帶回鄉下，往後她也一定不會有好日子過。」

惠冰安撫她：「別擔心，是男是女我也會盡力幫忙。讓我跟老公商量一下，找個兩全其美的方法。」

他們決定先送子韻到香港作產前檢查然後讓孩子在香港出生，當年一個民工要申請來港是件極不容易的事，加上子韻的爺爺去世，她趕回鄉下奔喪再回來的那個晚上，她便臨盆在即，惠冰把她送到醫院去，第二天早上孩子便出生了。更沒想到她忙了一夜自己也出現了陣痛，洪俊本想立即送她回港生產，產科王醫生為她檢查後說：「回港最快也要三小時，加上這是第三胎，恐怕來不及了。」只好在設施簡陋的鎮醫院生產，半小時後一個重七斤的小男孩出世了。

王醫生見到洪俊時，臉上出現了一個奇怪的表情，然後輕聲問：「你真行！怎樣令兩個女人在同一天為你生孩子，還相隔不足兩小時，真厲害！」

洪俊不知如何回應。還是惠冰機靈，即使剛生產完，頭腦還是非常清醒，她把王醫生叫到床邊，使個眼色，王醫生立即叫護士和駐院醫生先行離去。

她對王醫生說：「大家都是自己人，不妨對你開門見山，都怪我不好沒有管好我老公，居然跟一個女工搭上了，這女子也命苦，家裡人等著她寄錢回去……只有你能幫上這個忙，就當兩個孩子都是我生的。」

王醫生猶疑地說：「這個有點為難。」

惠冰瞪了洪俊一眼，洪俊立即把一個大紅包放進王醫生白袍的袋裡。他伸手進袋裡摸了紅包一下，臉上的表情變了。他笑著說：「你都說大家是自己人，不用這樣做的呀！你們來搞工廠，令鎮上的人有工作，促進鄉鎮繁榮，還時常捐贈器材給醫院……就包在我身上，也代醫院多謝兩位善長。」

洪俊接惠冰、子韻和兩個孩子出院，王醫生和院長送他們上車，院長親自跟洪俊握手高聲說：「恭喜洪先生、洪太太生了對龍鳳胎！王醫生很細心，知道你想孩子吃母乳，特意請來個奶娘。」

離別

王醫生對惠冰說：「洪太太，出生證明和有關文件已辦妥，你們可以隨時帶孩子回香港。」

子韻在洪家住了個多月，她任何時間也抱著女兒，能跟她在一起多一天、一小時甚至一分鐘她也不要錯過，她知道跟女兒一別便可能永遠不會再見。

她相信洪老闆和洪太太會把她的女兒養育成人，並會帶她到香港生活，她可以上中學、大學，找到好的工作，到世界各地去看看。相反，她把女兒帶在身旁，在深圳她沒有戶口，病了看醫生或將來上小學、中學也是個大問題；把她帶回家鄉，她只會重複著自己的命運，初中畢業，下田一兩年，便到深圳或上海打工。為了孩子，她求洪太太收養她的孩子，剛巧兩人在差不多時間臨盆，因利成便，洪太太「生了」對龍鳳胎。

子韻曾有個夢想，跟男友一起到深圳賺幾年錢然後回家鄉搞點小生意、結婚生仔。將來孩子要上大學做工程師、醫生。男朋友去世後，夢想破滅，人生頓失方向，也不再感到活著的意義。若不是為了女兒，她連活著的氣力也沒有。

洪太太答應照顧好她的女兒，也希望她常來看女兒，甚至以保姆身分留在洪家。但子韻怕影響洪老闆的名聲。他們夫婦知她懷孕立即把她藏在家裡安胎，讓孩子可以出生，還要委屈洪先生作孩子的父親，這樣已為他們帶來了不少麻煩。她心裡盤算，待女兒出生過了一百天，她便回鄉永遠不回來。她相信這樣對女兒是最好的安排。

時間一天天過，她心裡愈來愈難過。女兒對著她笑，她的淚水卻濺出來了。她要走了，抱著女兒不忍放下，天真的女兒不住向她笑，不明白媽媽心裡有多痛苦。洪太太一再勸她：「既然捨不得便留下來，陪著她一起成長也是美事。何必為難自己呢！」

子韻對著女兒一再叮嚀，女兒只會笑聽不懂媽媽在說什麼。司機再催：「再不走便趕不上火車！」洪太太送她一個小盒子：「裡面有孩子的照片，想她時可以看看，我們會寄上女兒的照片，告訴你她的近況，也歡迎你隨時回來。」洪先生託司機送她一小袋鈔票，著她回去搞些小生意好好過日子。

愛

小車離開洪家，淚水遮住她的視線，前面看不清，更不敢回望。她覺得自己是最殘酷的母親，忍心將自己的親生女遺棄。也許以後也不會再見，對女兒來說，永遠不知道有這個媽媽可能更好，她可以全心全意做洪家的女兒，連出生證明也寫著她的母親是洪太太，自己在她的人生路上已無角色可言，還是安心回家，每天好好活著送上遙遠的祝福。

火車上，她不覺得餓，只喝了幾瓶水便回家去。進家門便昏倒了，睡了一日一夜起來，她覺得餓，媽媽為她煮了碗粥，吃過後精神也好了。

父母、哥哥和嫂嫂也沒有問她懷孕的事，在那個年代，孕婦的肚子消失了卻沒有把孩子帶回來，大家心裡都明白發生了什麼事。

她拿出女兒的照片，讓父母看看外孫女的樣貌，然後說：「她有福！給洪老闆收養了，以後在香港生活。」

哥哥和嫂嫂正打算到雲南去搞些小生意，問她會否一起過去，她想也不想便跟哥哥嫂嫂去了騰衝——一個中緬邊境的城市，後來全家去了緬甸生活，並跟一個早年隨父親到緬甸的商人結了婚生了二男一女。自從定居緬甸便很少回家鄉去。

洪太太每隔一兩星期便把女兒的照片寄給她，卻一直沒有回音，洪太太也曾託人到她家鄉尋訪，她的同鄉也不知道她到哪裡去。二〇〇八年五月十二日地震過後，洪韻也曾到生母家鄉，只見亂石頹垣，失望而回。

潘子韻最初收到女兒的照片，都感動得淚流滿面，見到她坐著、站起來、走路……心裡便幻想著女兒在身旁叫「媽媽」，不知有多少次衝動要到深圳去看女兒，有一次更忍不住飛到深圳，買了禮物，準備為她慶祝三歲生日，走到洪家附近，她猶疑了，覺得自己不應打擾這個孩子，不應因一己衝動令孩子不安，她轉身便走，剛好洪家司機迎面而來，問起女兒近況，知道女兒在香港，剛上了幼稚園，她便把手上禮物交司機代送女兒：「告訴她一個曾經很疼她的姨姨送的！」

司機回應：「你親自過香港見她不是更好嗎？」

她搖頭，連聲感謝便走了。她覺得自己很傻，明知會帶來傷害的事也去做。她沒有再去深圳，到過香港幾次也沒去找女兒，卻把洪太太寄來的照片珍而重之放在一本相簿隨身帶著。

同一天空下

潘子韻不想打擾女兒，一直非常克制，不讓自己去找她。她卻不知道，女兒七歲那年入醫院，已發現自己的血型跟父母的不吻合，洪太太便告訴了她關於她的身世。最初她感到難以接受，也抱怨生母狠心把她遺棄，把她送給洪家後便不看她一眼。

洪太太告訴她，她的生母在她爸爸去世後，仍然堅持把她生下來，在那個年代是一件非常勇敢的事。「你的名字——韻，也是她改的，她寸步不離陪著你過了一百天才離去。離去時我叫她有空便來看你，她總是抽泣地說：『讓她永遠是洪家的孩子便好。』她不來看你大概是個非常痛苦的決定……」

從那天起，洪韻每晚睡前都在幻想著生母一定長得很漂亮、待人溫柔。她每個長假都跟洪太太回內地工廠，希望有一天生母會突然出現。洪太太知道她的心意，也曾四處打聽她生母的下落，但託人到她家鄉找也沒有人知道她的去向。

洪韻在汶川地震後到生母家鄉看過，整條村也不見了，她傷心、難過，心裡卻盼望著生母吉人天相逃過大難。她相信，只要仍然活著，在同一天空下，總會再相見。

在內地搞製衣廠愈來愈困難。工資上升了不少，也難以聘請到足夠工人，洪先生計劃把製衣廠搬到國外，卻一直未付諸行動。

中美貿易戰爆發，輸美貨品關稅大增兩成半，他工廠的利潤也只有一成多，工廠根本不可能撐下去。他到柬埔寨及緬甸等地考察，第三次要落實選址了，洪太太跟了過去看看。在一次官方安排的工廠參觀時，洪太太走進車間，一位女士出來迎接，兩人相視十秒，四手相執良久也說不出話。洪太太說：「沒見二十八年了，沒想到會在這裡再見。你可好嗎？」一邊走潘子韻一邊說：「這製衣廠是我哥哥和老公開的，我有三個孩子，都去了英國上大學。洪韻可好嗎？不會為你們帶來太多麻煩吧！」

洪太太回應：「她很乖，當了醫生。她明年結婚了，你一定要來！」

潘子韻歎息：「唉！我還是不要出現好了，她不知道我的存在就好！」

「原來你一直不回信，就是怕……她七歲那年已知道生母是你，時刻嚷著要找你，放假便到工廠去等你，她結婚你一定要來！不！過幾天是她二十八歲生日，你就跟我到香港一趟，給她一個意外驚喜！」洪太太說。

給孩子最好的禮物

二〇一四年深秋，氣溫驟降。園子裡的樹，葉子一夜紅了，地上還鋪著下了一夜的初雪。陽光從雪地反射進窗，天花板也見到紅葉飄落的影子。丈夫鼻息均勻，兒子已起來練習小提琴，隔著兩道門，也聽出他進步神速。

寧靜、舒暢的早晨，幸福美滿的人生。心裡突然湧現一種不祥的預感，一個你無法阻止的意念不住重複：「五年後，我便再看不到這美麗的風景！」這種想法開始浮現，你心如刀割。

想到丈夫、兒子和女兒哀傷地哭，淚水便湧出來。兒子才八歲，女兒才四歲，還未懂得照顧自己，丈夫是個百分百的科技人，一天到晚只曉得對著顯示器，連煮個麵或煎塊牛扒也不會，只懂吃微波爐加熱食物，穿過了的衣服只會拿去洗衣店，若忘記把衣服拿回家，他可以把同一件衣服穿上四、五天，直至發臭，連他也無法再忍受才替換，家裡不是沒有洗衣機，只是他竟然不懂使用。

數月前你到遠東工作兩星期。出發前你買了各種食物，把雪櫃也裝滿了，你吩咐丈夫早上要起來送孩子上學，要為孩子弄晚飯。到了第五天，學校打電話給你，問孩子近兩天為何不上學。

回家了，雪櫃裡的食物未動過，幾袋垃圾放滿一地，裡面全是用完即棄的外賣餐盒，你忍不住問丈夫：「每晚你跟孩子都是吃這個？」他笑答：「有什麼問題？上網按幾個鍵，便有人送過來，孩子又喜歡，吃完又不用清洗……」那夜，你煮了一頓美味的餸菜，女兒卻問：「為什麼不吃外賣？我喜歡……」

晚飯後，你打算洗衣服，打開洗衣機，你給嚇了一跳，裡面的衣服已經發霉，你問丈夫為什麼不用乾衣程式，他笑答：「我以為按一下便可完成所有步驟，等到需要穿才拿出來。」

想到家裡一個大孩子和兩個小孩子，你覺得無論怎樣，你也不能死，沒有你，他們也不能活下去。可那句話「五年後，我便再看不到這美麗的風景」，不斷地在心裡反覆出現，你要阻止它，卻也阻不了。你甚至想到死後要留下些什麼給他們，想到他們什麼也有，他們最需要的是你的愛和照顧……

想到自己不可能永遠照顧丈夫和孩子，你決定要他們學會照顧自己，沒想到這竟是你一生中遇過最困難的事。

你要教他們做家務、煮飯。丈夫表示：「衣服可以拿去洗衣店，一日三餐可以叫外賣，比自己煮更便宜、更好吃，且不用洗碗碟。至於家居清潔、花園保養，可交由清潔管理公司去做。所有事情都可找外判商……」兒子和女兒也附和。

你一意孤行，他們沒有選擇。你耐心地教丈夫和孩子到街市買餸、到超市買各式日用品。丈夫卻說：「所有東西都可以網購，直接送到家裡去，不用拿著大包小包在街上走。」

你堅持要他們跟你到街市，你教他們買海鮮、豬、雞、牛及各式蔬果。兒子表現雀躍，尤其見到大盆小盆生猛的魚、蝦、蟹、蜆等，總是問個不停。你帶他們到雞檔，他們立即戴上口罩，擔心會患上禽流感。

回到家裡，你教孩子洗菜、切肉。兒子拿起菜刀，狀甚驚險，令你的心也跳出來，你得小心地教他切肉切菜，然後教他以適當配料去蒸或煮。女兒走進廚房一會，便說很累，要躺在沙發上休息。

過了五年，女兒終於學會洗衫和煎蛋，兒子基本上已經懂得煮飯、洗衣、做家務，丈夫也學會了照顧自己和孩子，只是他不喜歡做家務。

生日那天下班回家，他們合力弄了一頓豐富的晚餐。兒子更將學校食物科技科所學，弄了一個生日蛋糕。各人都擔心煮得不好吃，把各種食物嚐過，你發現他們不但煮得好，還有極強的個人風格，忍不住讚個不停。

嚴冬將至，外面都積了厚厚的雪，陽光透進來暖暖的。望出去，三父子正在花園剷雪，往日這工作總是由你來做的啊！

時光飛逝，也證明你的擔心是沒必要的，你仍然活得健康快樂。兒子和女兒都到外國上大學了。你擔心女兒不懂照顧自己，想過去陪陪她。

她卻在短訊回應：「媽媽，別擔心，原來媽媽已經送我最好的禮物，就是令我學會怎樣照顧好自己，小時候我總抱怨廚房很熱，今天我煮三餸一湯請同學吃晚飯，他們都大讚，還說要跟我學煮飯，今天我終於明白媽媽的苦心……」你把那段文字看了又看，不住的笑，心裡暖暖的。

這樣的母親

你憎恨媽媽，總覺得她心裡只有哥哥和弟弟妹妹，有好吃的總留給他們，要罵要罰的，你總是首當其衝。無論是哥哥或弟妹惹惱了她，她都只會拿你出氣，費盡九牛二虎之力打得你遍體鱗傷。他們全都要上學，但你卻不用上學，念完中三，即使你的成績很好，老師認為你有能力上大學，媽媽也要你去製衣廠上班。

哥哥的成績不好，但媽媽堅持要他上學，可他會考沒一科合格，媽媽便把他送到美國去念書。爸爸在內地有了另一個家室後很少回來，全家陷入經濟困境。媽媽對你說：「不管你用什麼方法，也得每月賺三四萬元回來，不然弟妹便無書讀！」你覺得她很討厭，居然拿弟妹來要脅你。

製衣廠那份工，連每天加班，每月也只賺到萬多元。一個姊妹介紹你到夜總會工作，你很快成為男人的寵兒，正如大班說：「既然出來做便不要扭扭揑揑的，客人給你錢，你便努力盡賺。」那時你的熟客有律師、醫生、上市公司主席和高官政要，每月收入超過十萬。你把大部分的錢給媽媽，她兩眼發光，卻不過問錢從何來。

哥哥給大學趕回來，不住向媽媽要錢，原來他正跟朋友搞一門中港生意。有一回他跟友人去了你工作的地方，當你全心全意服侍客人時，他一言不發站在你面前，然後轉身走了。

第二天回家，你給錢媽媽，她把錢收好，便罵你：「你好做唔做去做雞！你以後別回來，我當少生一個！」你很難過，哭了起來，知道一定是大哥做的好事。你哭著走了，想著自己一直以來都努力令她開心，希望她會多疼你一些，又或者稱讚你一聲「乖女兒」，你便已心滿意足。可無論你怎努力，也只有捱罵的份兒。你感到絕望，決定以後不再理會她，從那天開始只為自己而活。

過了幾個月，哥哥帶著媽媽在夜總會樓下等你，給你一壺湯，對你說：「媽上次說得太過份了，職業無分貴賤，做雞也……媽想你過兩天回來吃飯……」你一手把她推開，也許用力過猛，她跌倒地上。哥哥向你呼喝：「你這是什麼態度！」

你回應：「你這人臉皮真厚，牛高馬大不去工作，靠妹妹做雞養你！若我是你，就立即衝出馬路，被車撞死好了！」

虎毒不吃兒

她見你不再給錢，過了幾天，就讓才十四歲的妹妹來找你，問你可否介紹她入行做兼職。

你一聽便知是媽媽逼你要錢的手段。你壓抑著憤怒，帶著放學後仍未吃午飯的妹妹到餐廳吃飯。

「為什麼不吃午飯？」你問。

妹妹皺著眉說：「從這個月起，媽媽再沒有給我和弟弟午飯費用。她說家裡的錢都已花光，再沒錢給我們上學去。她控訴家裡所有人都不肯工作賺錢，又批評你自私自利，不理會弟妹，她叫弟弟不要再上學，要他明天到街上行乞。可憐的弟弟給罵得整晚在被窩哭，因為沒錢交書簿費，昨天他已不敢上學去。他讀書成績好，到了中一便輟學實在太可惜了。我求媽媽讓弟弟繼續讀書，我寧願自己不上學，也希望弟弟可以繼續讀書。媽媽冷道：『你跟你的衰姐姐去賺錢回來，弟弟便有機會讀書！』所以我放學後便來……」說完，她抽泣起來。

你憤怒得全身顫抖：「有一個這樣的媽媽是我們的不幸！我出來工作，賺到的錢大部分也給了她，你們的學費和生活費也給了她，她一定把所有錢給了游手好閒的大哥。我一世人只得一個妹妹和一個弟弟，我答應你，無論如何，我也要讓你和弟弟好好讀書。吃飽了沒有？吃飽了便回家溫習做家課。這些錢你拿著，明天回學校交飯錢和弟弟的書簿費，千萬別讓媽媽知道我給你錢，也不要再想兼職的事，叫弟弟好好用功，學習上的支出我會一力承擔。這些地方太雜了，你不要再來這裡找我！」

在休息室等候客人到來時，你跟一位較投契的姊妹訴說媽媽的不是，她立即回應：「有無搞錯！這樣的老母還是人嗎？！虎毒不吃兒啊！她可以那麼狠毒，竟將才十四五歲的女兒推落火坑！看來你得回去好好教育她一下，不然她可能會變本加厲。」

街燈亮了，繁忙的時間也開始了。那天你卻心不在焉，連你的熟客陳先生也看出你不快樂，心事重重，他為你買鐘外出，陪你吃過宵夜後，便讓你早點回家休息。可你又如何睡得著呢？在床上輾轉反側，過了一會，你決定回去好好令媽媽善待弟妹。

不相往來的日子

半夜裡，你將她從床上拉了起來，捉著她雙手便罵：「警告你！你倘若再不善待妹妹弟弟，我一定不會放過你！若給我知道，說不定要斬死你！」

你以為半夜回去嚇她，她便會對弟妹好一些。沒想到你剛把話說完，她便彈起來，一掌摑在你臉上，然後一腳把你踢出房外，你覺得小腹和下體很痛，眼前一黑。

你想看清楚一點，眼前卻是黑暗。你很害怕，想站起來，卻全身發軟。忽然一陣沉重的腳步聲走近，你擔心自己那一刻會死掉，忽然胸部一陣劇痛，有人用力踢了你一下，你慘叫，跟著你聽見媽媽用菜刀邊拍打枱面邊對你說：「衰女，要斬死我？就看看今日誰斬死誰！」

有人一腳踏在你胸部，你無法呼吸，也說不出話。

大哥說：「媽，你著緊點好嗎？你現在不斬死她便會後患無窮啊！更何況她死了，有份保險可賠百萬！你是不會被起訴的，因為你在自衛殺人。媽，快斬死她！快啊！我的腳……很……痛……哎呀……」你把他踩在你胸部的腳拿起扭轉，他痛得大叫，站不穩跌倒，後腦撞在媽媽手上拿著的菜刀上。

媽媽大叫救命，哥哥像失去知覺。你已站了起來，看到眼前景像，立即報了警便離去。媽媽還在罵：「你這人就是這樣見死不救！離開了這門口便以後也別回來！」

大門給重摔，砰一聲關上，你的淚水奪眶而出，你叫自己冷靜別哭，可你已完全失控。走進升降機，你已大哭起來，你在心裡對自己說：「以後我就是一個無父無母的孤兒！我死也不回這鬼地方，也不要再見這對像野獸般的母子！」

你走出升降機，一位中年男士色迷迷地望著你問：「妹妹仔，為什麼哭？是不是有客人欺侮你？這裡人人都知你是夜場紅牌……」

你知道一定是那口沒遮攔的兩母子在造謠，惟恐你被街坊取笑不夠。你想：「既然他們這樣看自己，不如留些話題讓街坊轉述給這兩母子聽。」趁有一個女街坊經過，你熱情地摟著那色迷迷的中年男士，吻了他的面頰，右手抓向他的褲襠說：「陳叔叔，有空來找我呀！街坊有優惠，更加送特別服務……」說完，你頭也不回跳上的士走了。你再也不去想他們在街坊面前怎樣說你，但你肯定，那兩母子聽了一定不會好受。

你繼續在夜總會上班，每月見弟弟和妹妹一次，給他們零用錢。即使妹妹有時說媽媽想見你，你也會叫她別再說下去。數年後，你已轉了幾個場，哥哥居然找到你，說他要結婚，向你要錢，你忍不住大笑起來：「恭喜你呀！是哪位女士前世作了孽？」

眼前這大哥也快四十多歲了，仍然好高騖遠、不務正業，總是嫌工作辛苦，跟人搞生意又往往血本無歸。他每天仍向母親伸手要錢。他來找你當然不是要公布喜訊，而是希望你借他五六百萬，他希望結婚前可以買樓。你忍不住大笑：「大哥啊大哥！承蒙看重，受寵若驚，我哪有本事有五六百萬現金借給你！即使有，我也要買樓啊！別那麼天真好嗎？就算借錢給你做首期，你也沒本事供樓啊！弟妹都出國讀書了，家裡有兩間房，只有你兩母子住，稍裝修一下便可以住，不一定要買樓！」

你拒絕了他，他發脾氣：「我知你永遠也看不起這個大哥！不借便算了，用不著數我的不是！」

你回應：「我只是實話實說，並沒有半句醜化你。我沒有錢借給你買樓，但大哥要結婚，我做妹妹的，一定要道賀並送上厚禮。」

他猶豫一會說：「你還是不要出席我們的婚禮。我怕人家說三道四……」

你再次奚落他：「什麼？你希望我借你錢，但卻希望我禮到人不到！你怕人家說你妹妹做雞維持家中生計嗎？但這是事實啊！」

他轉身走了，你叫住他：「喂！你來這些地方，叫了小姐又喝了酒是要結賬的呀！」

他很沮喪，大概從沒想過來夜總會要結賬。

＊＊＊

你三十多歲了，一位六十多歲的醫生要跟你結婚。婚後，你們移居紐西蘭，你大學畢業後念了博士，後來做了大學講師，在新環境沒有人知道你的過去，一切可以重新開始。除了偶爾跟弟妹有聯絡和回港出席他們的婚禮，你跟香港的親人已無聯繫。見到媽媽或大哥，為了不令弟妹尷尬，你也會微笑點頭，卻不跟他們說半句話。

快樂的日子如飛，五十歲快來了，你突然接到弟弟的電話，他表示：「媽媽患上了老人癡呆，已大小便失禁，認不出子女。她給大哥一家趕了出來，失蹤了半個月，後來警察在屋苑附近的山坡上找到她，她不住念著你的名字。我們已把她安置在老人院，她整天嚷著要見你。」你斬釘截鐵地說：「弟弟，我的想法你是清楚的！我不會見她，也不會出席她的葬禮！」

剛過了八十歲的丈夫聽見你這麼說，待你掛線後便跟你說：「你媽大我六個月，年紀也不小了，留給你的日子也不多了。她想見你，你便去看看她，不是為了她，只是做一個女兒應做的事。你也不需要原諒她，只需不再為怨恨而活便好。」

他的話令你哭了。你回港見她，所有孩子在她床邊，她只能把你認出來。晚上她睡著了便再沒醒來。你回到紐西蘭，想起她時不再感到憤怒或悔疚。

父女的對話

還有兩個月便到大考，逸娥放學後便立即回家躲進房裡溫習。她希望今年的成績會好一些，明年可考上大學，這是爸爸的厚望。

只要一開始溫習，她便忘掉時間在飛逝，到了晚上八時媽媽叫她吃飯，她才不情願地把書本放下。父母、嫲嫲、弟弟圍著餐桌等了十分鐘，她才走出去吃飯，爸爸一臉不悅地說：「都十七歲了，不但沒有幫忙煮飯，連吃飯也要請幾次才出來，飯菜都涼了。」

嫲嫲立即說：「吃飯了，一起開開心心吃。逸娥要溫習，她不是躲著偷懶啊！不要罵她！」

嫲嫲不說還好，她一開腔便讓爸爸暴跳起來：「有飯便吃！阿媽，我在教女，你勿干涉。」

全家默不作聲，安靜地吃飯。筷子跟碗碟碰撞所發出的聲音也聽得一清二楚。

逸娥板著臉以最高速度把一碗飯吃完，便立即回到房裡去溫習。爸爸又再說：「你們看，我不知做錯了什麼竟生下一個這樣的女兒！吃飽便跑，連自己的碗筷也懶理！只顧讀書，可無論怎讀成績也不好！真不明白你的腦袋長到哪裡去。」

逸娥要自己專心溫習，可仍然傳來陣陣的不安。她想起上學期拿著成績表回家，全部科目都合格，平均分也有七十，爸爸看了成績表一眼便罵：「你拿著這樣的成績竟也有膽給我看，不如打開窗從這裡跳下去死了便算！你什麼也不用做，只專心讀書也只得這樣的成績，你是不是該感到羞恥才是？」

她激動地回應：「我自問已盡全力！無論我做得多好，你也不會滿意！我很想考得好一些令你滿意我的表現，只有這樣你才不會發脾氣，可原來要令你滿意是世上最難的事。」說完她抽泣起來。

爸爸繼續罵：「罵你兩句便哭，簡直就是廢人一個。哭什麼？你嫌我做得未夠辛苦嗎？」

她尖叫地說：「你整天在罵人，明明是聰明的也給你罵蠢了！」

他一掌打在餐桌上，碗筷都跳了起來。他厲言：「成績不好就是不好，不用掩飾啊！罵你是想你好，你也應該明白我的苦心！」

她繼續哭著說：「我多希望可以立即死去，死了便不用給你罵。我的成績不夠好也是遺傳的，誰教你給我這麼劣質的基因……」

家長模式

逸娥抱怨父親的劣質基因令她考試成績欠佳。話未說完，立即被打了兩巴掌。爸爸睜大眼憤怒地說：「什麼劣質基因？明明是你不夠努力，現在居然找藉口。我念中學時年年三甲，又不見你有這個表現！」

逸娥立即拿出手機報警。她給送到醫院驗傷，爸爸則要到警署協助調查。到了第二天早上五時他才回家去。爸爸在警署不住訴說自己的委屈：「我實在不知道該怎樣教這個女！我說一句她駁十句，見到她便生氣，若不是她氣我，我才不會失控……」警察先生有禮地聽他說了半個晚上，然後讓他回家去，臨行警察還千般叮嚀：「生氣便不要教女，出去消消氣心平氣和才跟她說話。」

回到家裡已天亮，兒子已換好了校服上學去，他把女兒叫醒，她卻說：「我的臉又紅又腫，上學去給老師見到一定要我去見學校社工！」

他嘗試管好自己的脾氣，也沒有逼她起來上學去：「都是我不好，令你不能上學。我要上班了，在家好好溫習。」

忙了一天，由於昨夜沒有睡令他在工作上出錯，幾乎釀成嚴重工業意外。他沒有把安全帶扣好，工作吊船被大風一吹他幾乎跌了出去，才發現自己沒扣安全帶，兩個同事拉住他，才沒有從五十樓掉到地面。

驚惶過後，他被主管警告。悶了一肚氣，他決定回去好好把女兒教訓一下。

晚飯時分，吃飯無聲，出奇的安靜，預示著暴風雨要來臨。逸娥匆匆吃了碗飯，便拉著弟弟回房，兩人在房裡打機，有說有笑。弟弟羨慕地說：「你真行！在家呆了一天便有這樣的成績，看來我要到暑假才有機會追上你啊！近日爸爸精神緊張，時刻在留意我們是否上網太頻繁呢！」

爸爸站在房門外，聽了兒子的話便立即非常生氣，他用力推開房門，見姊弟倆在打機，他立即把兩台電腦的插頭拔掉說：「你們今晚給我做完家課才准上網，辛苦賺錢供你們讀書，你們居然不思進取，整天上網打機！」

兒子逸寧抗議：「爸，我們沒有整天上網，只是想吃完飯上網輕鬆一會兒再溫習！」

爸爸高聲說：「是你剛才自己說上了一天網，現在又否認了。你何時才會對我說真話？令我太失望了。」

爭取獨立

「你還要我養便已經這麼忤逆，將來獨立了我們還能活著？」晚飯時爸爸不滿地說。

逸娥把碗筷重重摔在枱上說：「難道你不可以讓一家人一起好好吃頓飯嗎？本來和和氣氣的，可你總是挑釁牽爭端。養我供我讀書是你的責任，努力讀書是我的責任。但努力讀書並不表示成績一定會好。你逼我罵我也沒有用，你要個年年考第一的女兒，當初為什麼要生我呢！我不是讀書的材料，再努力也不會改變。別以為當爸爸便要我事事依循，你的無理要求我是不會聽的！」

爸爸激動地回應：「早猜到你會這樣說！有種的便由今天起自食其力，不要再向我要錢！你現時還得靠我生活，便得聽我的話。若你搬了出去自食其力，我才沒興趣去管你！」

逸娥立即衝進睡房，把校服和替換衣服收拾好，便往大門走去。他要阻止，她一手推開他，頭也不回走了。媽媽欲勸阻：「你們是不是前世撈亂了骨頭，總是不住爭吵，可否坐下來大家聊聊？一家人唔啱講到啱，用不著離家出走！更何況明年便要考文憑試，你就這樣出走又怎樣上學呢？」

「有人不喜歡見到我呆在家，與期勉強留在家裡被罵，不如早點離開這個家。」逸娥對媽媽說。

「你知爸爸性格剛烈，說起話來自然不友善，你用不著斤斤計較。快回家去。早點睡明天還得上學去。」媽媽說。

逸娥想到出走後居無定所，即使附近有個大公園，下雨或天氣變冷便很難捱。更何況乘車、吃飯也要錢。想到這便猶豫了。爸爸這時忽然說：「羽翼豐滿了，有手有腳可獨立了，還會把這個爸爸放眼內嗎？走了便別再回來！」

聽見爸爸這樣說，逸娥立即摔開母親衝進升降機，心裡很矛盾。她很後悔沒有立即回家去，為了一口氣就這樣跑了出來，連晚上住在何處也未有著落。但既然出走了便不能那麼容易回去。

她到快餐店一處無人角落坐下來，伏在枱上睡著了。不知過了多久，有人叫她的名字，醒來，快餐店裡只有她和一個長者。太冷了她不停地咳。外面正下著傾盆大雨。她看著雨哭了。

每天她如常上學去，下課後在更衣室淋浴後便到快餐店去，在那溫習及睡覺。過了幾天，她覺得很累，她想回家去。

回家的感覺

在快餐店過了第四晚，逸娥已非常疲乏，她沒帶替換的衣服，她覺得身上的衣服很髒，且發出陣陣異味。回到課室，她覺得同學聞到她身上的異味而不肯走近她。心裡一陣難過：「父母不要我了，連同學也疏遠我了！」她眼泛淚光，再也無法專心上課。

渾渾噩噩到了下課的時間，學校社工來找她，她進入社工的房間便哭起來。社工何姑娘已見過她多次，很清楚她家裡的情況，不需多問，也猜到她又被父親無理責罵了。何姑娘讓她哭了一會便對她說：「你媽今天來找過我，她只問我你有否上學，留下了一袋衣物給你，她打過電話給你，可你的手機沒人接。」逸娥看著那袋乾淨、熨得貼服的衣服，感受著那陣陣清香，她哭得更利害。

何姑娘見她不再哭便對她說：「你出走了幾天，你媽媽很想你，這幾天的日子一定不好過。消了氣便該回家去，別讓媽媽擔心。」

她緊皺眉頭說：「這樣回去爸爸一定會看扁我！」

何姑娘說：「也許他更肆意罵你！但你一個人在外面又能撐得幾天呢？你還要靠父母，等到你考完文憑試，上了大學搬到宿舍去住，找份兼職自食其力，到了那個時候你喜歡怎樣做也可以，你現在還得忍氣吞聲回家去，好好讀書，再過些日子你便自由了。」

逸娥答應何姑娘當天便回去。她走到大廈入口卻猶疑了，她想起爸爸便害怕，怕得無法呼吸，胸部像有大石壓住。她不敢踏進大廈，在附近的行人道上流連，遇到認識的街坊便立即低頭裝作看不見。

天色漸暗，街燈亮了，她已餓得肚子咕咕作響。一陣風吹來，帶著西洋菜湯的香味，她想起了媽媽煲的西洋菜湯，她立即衝進升降機，升降機向上了，愈近家她愈擔心，雙腳發軟，到了三十一樓，她走出升降機在走廊上怕得走不動想立即回升降機去。她害怕，不敢去想爸爸會怎樣罵她。大門忽然打開，爸爸出來了，她立即躲進後樓梯，待爸爸走了，她立即跑回家去，媽媽見到她便抱著她問：「逸娥啊！你這幾天到哪裡去了？真可憐，整個人也瘦了！」

她到浴室淋浴，那溫暖的水讓她感到非常舒服。她想：「一定要忍辱負重，捱過了文憑試再說。」

幸福的生活短暫

阿傑無法忘記，跟女朋友若梅在河背街天台屋的日子。那時他剛學滿師，在附近車房當師傅仔。

夏至剛過，阿傑到車房對面的茶餐廳吃早餐，一位年輕的樓面熱情地走向他：「先生，想吃什麼？」阿傑每個早上來吃早餐，阿姐總會叫他「哥哥仔」，忽然有人叫他「先生」，他感到不自在，同時那溫柔的聲音令他有點醉，抬頭一看，眼前是位長得楚楚可憐的年輕女子，他目不轉睛地看著她，良久說不出話來。她再問：「先生，要吃什麼？」他像聽不見，只是望著她，足足超過三十秒。

她臉紅了，不好意思地介紹：「不如試試A餐！」

他唯唯諾諾地回應：「好的！就——就吃A餐！」他那時不知道A餐是什麼，眼睛和整個心也像交了給她。她走到哪裡，他的眼睛跟到哪裡。

她送上A餐，他一直望著她，把通粉送進口裡，一陣濃郁的番茄味令他反胃作嘔，一直以來他也無法接受番茄的氣味，他把口中的通粉吐回碟裡，只吃了塊多士和煎雙蛋。

她見他面前那碟通粉未動過，忍不住問：「通粉不合胃口嗎？可以幫你換別的。」

他立即回應：「不！我習慣把好吃的留至最後。」說完他大口吃通粉，他不敢咀嚼，怕番茄的味道變得更濃，不消一分鐘，他把整碟通粉吞下，然後衝進洗手間，把胃裡所有的東西全部吐進馬桶，不住漱口，總覺口中的番茄氣味無法洗去。

早、午、晚三餐他也到那茶餐廳吃，終於知道她叫若梅，並取得她的電話號碼。

第一次約會，到大光明戲院看電影，那齣電影的情節他完全記不起，那個多小時他只在偷看她。

她來自複雜的家庭，她有三個妹妹，四姊妹的父親都不同，最後媽媽跟一個男人去了加拿大生活，把四姊妹留給外婆外公照顧。那時她才十三歲。四姊妹每晚睡在客廳的地板上，靠外公鐘錶修理賺錢過日子。她希望中五畢業後入護士學校，賺錢養家，減輕外公外婆的負擔。

認識了阿傑之後，她的人生起了很大改變。兩人熱戀並很快一起生活，為了方便工作，他們租住河背街尾的天台屋。他更努力工作，照顧她的三個妹妹和外公外婆，除了做汽車維修，他更兼職做中港客貨運。可在一個紅棉盛放的早晨，他開著密斗貨車到內地後便沒有再回來……

那天天未亮，阿傑吻別若梅和剛滿一歲的兒子，走到樓下，跳上密斗貨車，往沙頭角駛去。他希望早點出發趕及晚上回家，為兒子慶祝一歲生日。

當貨車駛到惠州，突然有數輛客貨車從小路駛出，把他圍住，一位自稱公安的男子向他表露身分，取去他的回鄉證，搜查後表示車上有違禁品，要把他扣留。

他求情：「大哥，我只是司機，老闆叫我把貨運過來，我只好照做。我看過貨單，車上載著的不是什麼違禁品，只是塑膠原料，過海關時關員也上車看過……」

那公安回應：「不是違禁品？你心裡明白，還裝什麼蒜！」公安表示，他只是執行職務，不是要留難他，只要他付五千元罰款及把貨車留下，他便可以回家去。

他哪裡有五千元！這是他個多月的工資！打電話回貨運公司，老闆只是叫他耐心等待，會派人北上處理。

沒有審訊、也沒人通知他到底犯了什麼罪而被拘留，他即使要求也不准打電話或寄信給家人。在幽暗無光潮濕發霉的斗室等待，日子一天一天過，希望一天一天流失，除了身上被蚊子叮了復原又再被叮的痕癢，他幾乎連感覺也失去了。聽說鄰室的犯人被槍斃了，他倒希望下一個是自己。

他已不知年日，只知過了一個又一個的炎夏。

忽然有一天，有人告訴他可以回家去，看見辦公室的日曆，才曉得他已被關上二十年。沒有人告訴他所犯何事，他問起被扣貨車，獄吏回問：「什麼貨車？」

到香港，他立即回家，他走到河背街，卻找不到昔日他跟若梅和兒子住過的那幢樓。連附近的幾條街也消失了。他以為自己找錯了地方，但大會堂和楊屋道街市仍在，昔日的舊街卻變了「荃新天地」，他圍著荃新天地走了幾圈，也走進商場去看了又看，他希望可以找到時光隧道的入口，讓他追回失去的二十年。

走到昔日工作的車房，車房變了藥房，他跟若梅邂逅的茶餐廳，整幢大廈也給推倒了，到大光明戲院欲乘小巴到旺角，發現戲院已結業了。到了旺角欲找若梅的外公外婆，附近那幾條街變了一個巨型商場和酒店。去若梅念過的中小學尋找，可那小學和中學也給殺了。

疏離

阿傑在一天內，去了多處找女友和兒子，所到之處，不是街道消失了，就是舊樓給重建了。

華燈上，街上堆滿了趕著回家的人。一陣熱風，吹起了一林棉絮。棉絮飄落阿傑肩上，他打了幾個噴嚏。心裡浮現跟兒子和女友到公園玩的一幕，剛曉得站起來走路的兒子，見到一朵鮮紅木棉花從樹上掉下來，他跑過去，把木棉花拾起，興奮地跳，卻未知道自己雙腳並未協調好，整個人掉在地上，他大哭，阿傑心裡一痛，幸好沒有受傷，哭了一會，破涕為笑。他堅持要把那朵木棉花帶回家，放在一個玻璃杯裡，看著它由紅變深褐色。

想起兒子他笑了。兒子今年已二十一歲了，不曉得他是否長得比自己高，也不知道他像媽媽還是自己。找過不同地方，也沒有兩母子的蹤影，一種不祥的預感令他覺得此生也許無緣再見。孤獨一人在如鯽人潮中，他感到自己的存在與不存在根本沒分別。若不是因為牽掛而心裡隱隱作痛，他也許再也感受不到自己仍然活著。

想起平白無故的被關起了二十年，在黑暗無光的囚室裡，與世隔絕，不准跟家人溝通，也沒有聘請律師的權利。若不是想著女友與兒子，他早已失去了活著的意志。回家竟是又一次失落，女友和兒子到底身在何方？他們是否仍然活著？他不敢再想下去。他是個不懂游泳的人，一場風雨覆舟人海，沒有救生筏，甚至連一根水草也沒有，他只能用盡全身氣力去掙扎。路人擦肩而過，卻沒有人望他一眼。

往哪裡去？他不知道。往右往左？他不清楚。到天堂或地獄？他不在乎。他已失去方向，又或者那一刻方向已失去應有的意義。

突然，一位冒失的女士跟他撞個正著，跟著她要跌倒了。他望了她一眼立即把她拉住。她的淚水把臉上的妝溶化了，若在幽暗小巷跟她相遇，定會被嚇一跳。她像喝醉了欲推開他，他扶著她問她發生何事，她伏在他胸前大哭，把肚裡的委屈全部嘔吐出來，兩人就像人體三文治，中間夾著半消化了的魚生、紫菜、菜心、黑毛豬肉、牛柳、冬菇……醬汁是幾種烈酒加不知名半溶化藥丸再配上胃液和青黃色的膽汁而成，他全身餿臭。路人對他們毫不理會。

兩個被世界遺棄了的人

阿傑全身都是嘔吐物，伏在他身上的女人像失去了知覺。還好，他感覺到她的心跳。他把她搬到路旁的椅子上，想叫救護車把她送到醫院去，才想起自己沒有手機。幸好旁邊有個電話亭，他走進去，見裡面滿佈蜘蛛網封了一層厚厚的塵，大概很久也未有人進去過，他不肯定電話是否仍然正常運作。幸好電話打通了，救護車也快來了。他忽然覺得餓，才曉得整天沒吃過任何東西。

回到那女士身旁，她仍未有知覺，他感到一陣暈眩，全身發熱，外面的東西模糊不清。跟著他像跟世界失去聯絡。

醒來時，他躺在急症室的病床上，頭痛欲裂，他問護士：「跟我一起進來的女人怎麼了？」

護士回應：「她只是喝了太多酒服用了太多止痛藥，要留院觀察，等看精神科。」

他到病房看她，她清醒了，見到他便說：「是你把我送來醫院的嗎？為什麼連你也換上了病人服？」

他答：「你吐在我身上很臭！你怎麼了？為什麼喝得那麼醉？」

她哭了起來說：「從來也沒有人這樣關心我！六歲時爸爸便走了，媽媽帶著我住板間房，每天也有不同的男人來找她，有客人時我便到樓梯口看書，過了不久，媽媽跟一個比外公還要老的男人生活，並跟她生了一個兒子，弟弟出世不久，便有不同的女人來找媽媽，媽媽不是跟她們吵架便是拿出菜刀追斬她們。

「那個老伯伯對我和弟弟都很好，也很疼媽媽，我以為生活可以安定下來。沒想到媽媽在我升上中一時便因癌病去世，老伯伯很快找來一個中年女人，那個中年女人待我和弟弟不好，老伯伯在家時，她扮溫柔體貼非常關心我們，老伯伯不在家，我也不敢回家去，卻擔心弟弟會給虐打至死！

「中三那年，老伯伯中風了，他要住護理院，那個女人的猙獰面目表露無遺。我們經常沒有飯吃，她又把我們所有的零用錢扣起了。那時我每天跟她吵架，她要把我和弟弟趕走，我指出房子是老伯伯送給我媽媽的結婚禮物，現由律師託管，要搬走的應該是她！老伯伯中風後，那個律師姨姨每個月來給我們零用，又帶我們到銀行開戶口，好讓她每月轉賬給我們。

「每次帶弟弟去護理院探老伯伯，他總是對著我們哭，他難過是因為他答應過媽媽照顧好我們，可他的承諾無法兌現了。

好好活著

「文憑試放榜，我拿著成績單到護理院探老伯伯，那時他的精神很好，他正在練字，寫了一張字畫給我和弟弟——『好好活著』。他知道我可以上大學，整個下午也笑個不停。我陪著他直至黃昏，他示意我回家去跟弟弟一起吃晚飯。

「午夜，我心裡泛起不祥預感，輾轉無法入睡，突然電話響個不停，老伯伯再次中風給送到醫院去。叫他沒有反應，過了一會，醫生告訴我們他的情況極不樂觀。要我們做好心理準備。我嘗試找姨姨（他最後一任的妻子），可她說：『他要死我來醫院也幫不了忙！』然後把電話掛斷。老伯伯曾經把一本電話冊交給我，並一再求我，在他死後，聯絡第一任妻子和他們所生的五個兒子，其他的女人則不用通知他的死訊。我找到他的大兒子（大哥），我以為他會對我不客氣，沒想到他很和善地說：『他的事我們一直很清楚。往後的事你和弟弟也不用操心，我們會為他安排。得提醒你和弟弟，若那個女人要你簽任何文件，千萬別上當！現時你們住的房子，是爸爸留給你們的，千萬別讓那個女人奪去。』

「老伯伯的葬禮過後，姨姨便要把我和弟弟趕走，我立即找大哥，他要我和弟弟留在房間裝作收拾行李，他和律師立即趕過來。姨姨被請離去，律師還告訴我們，老伯伯留下了一筆生活費給我們。

「跟弟弟相依為命，我上了大學念旅遊與酒店管理，畢業後到歐洲去工作，遇上了一個以為可以一起生活的男人，結婚後生了兩個女兒，他便跟我離婚，我帶著兩個女兒，捱了二十多年，她們都結婚了，一個人很孤獨，在網上認識了一個投契的男人，見了幾次面他便向我借錢，拿了十多萬便消失了，跟著大耳窿聯群結隊上門，我報警，才知道那個男人之前已騙過十多個女人。

「之後我有幾個男朋友，人人都似乎看上了我的錢。他們都錯了，我哪裡有錢。昨天一個相識了半年的男人請我吃飯勸我飲酒，然後要我把樓轉到他名下，我不依，他打我，我拿起一張椅子重重向他打下去。他倒在地上我奪門而逃，一直走一直想嘔，沒想到會吐到你身上。」

那中年婦人叫惠群。兩人交換了身世後，惠群知道阿傑連住處也沒有，身上也沒有錢，便邀他到她家暫住。

重逢

惠群聽過了阿傑的故事，欲協助他找個暫時的棲身之所。阿傑卻婉拒了她的好意：「謝謝你，一個萍水相逢的朋友如此幫忙，心裡感激。我也該回去探望我的父母，二十年沒有回去看他們了，若他們把我趕出來，我才去找你！」

她把手機號碼給他。他在醫院過了一晚，離開醫院便把那字條扔進垃圾桶。他覺得自己糟透了，不想自己的霉氣沾染了別人，也覺得一個大男人接受一個失意女人的幫助是件很丟臉的事。

他決定回去蘇屋邨老家，想起父母也七八十歲了，三個弟妹都三十多歲了，見到他回來一定非常開心。他記得二弟讀書成績很好，希望將來當醫生，大概他已夢想成真。三弟要做警察、妹妹要當護士，不曉得他們能否如願。媽媽曾經打算抽居屋，不知道是否抽中，若抽中了，他們也許已搬走了，回到蘇屋邨也許再也找不到他們。從地鐵站出來，愈近蘇屋邨他愈覺忐忑。走過寶安道街市往山邊看，他呆了，昔日的蘇屋邨不見了，一幢簇新的大廈佔據著他小時住的那幢樓的位置。他喃喃自語：「到底這是個怎麼樣的世界？為什麼所有房子都給拆了重建？」

他感到失落與絕望，他的肚子餓了，整個人步履不穩輕飄飄的，前面模糊不清。他走到天橋底，雙腳軟得再也無法前行。他靠著石屎橋躉睡著了。不知過了多久，路過的車輛都亮了燈，有人拍他把他叫醒，把一個飯盒和一瓶水送到他手上。

他一邊吃一邊哭了起來，想起爸爸媽媽每個星期天都帶他們幾兄妹到附近的大牌檔飲茶，他最愛吃的便是芙蓉蛋飯。他也有二十多年沒吃過這麼美味的芙蓉蛋飯了。

吃過了飯，他漫無目的地在附近的街上走。忽然聽見有人在馬路對面大叫：「傑仔！你是不是傑仔！」那聲音實在太熟識了，他望過去，一位彎了背，頭髮全白的長者正在過馬路向他跑過來，他擔心他會被疾馳的汽車撞倒，他立即衝出去示意車輛慢駛。

父子倆在馬路中心相擁喜極而泣，車輛繼續在他們身旁擦過。

阿傑像個受驚的孩子不住叫爸爸。爸爸拉住他的手說：「我們回家去！」他邊走邊打電話給老婆：「老婆！我在深水埗找到傑仔！叫家傭去買菜，叫所有孩子回來吃晚飯。」

能一起吃頓飯便好

父子倆重逢，自有說不完的話。經過燒臘店，爸爸立即買了燒肉和燒鵝。這兩味菜是阿傑的至愛，少時只有過節才有燒肉吃，看著爸爸買燒肉，童年往事一幕一幕現心頭，淚水失控地湧出。爸爸安慰他：「傻孩子，別哭！無論發生什麼事，能夠回家便好。」

那一頓晚飯吃得真熱鬧。三個弟妹都已成家，每人都有子女二三，圍著吃飯有十六人。幸好父母已搬到較大的房子，不然全家站在一起也會有困難。大家問起他的遭遇，他又再一次把故事從頭再說。

二弟說：「爸爸要為你放個靈位，但媽媽堅決反對：『他只是失蹤了，一日未見屍體，我就相信傑仔仍在陽間！』」

聽過你的故事，全家也感到非常生氣。「豈有這麼荒謬的事？被拘捕囚禁了二十年，竟然沒有人告訴你所犯何事，沒有通知家人，也沒有公開審訊，就這樣給關上二十年。」

阿傑終於問起若梅的事。媽媽説：「阿傑你得有心理準備，你失蹤後，她曾四出找你，內地不同地方的公安她也找過，錢也花了不少。為了交租，她只好出來工作、兒子便交由我照顧。後來更搬了過來跟我們一起住。她等了足足十年，那時有一位男士追求她，她最初不予理會，後來我對她説：『你得為自己打算一下！這樣等下去不是辦法，沒有人知道他會否回來，若他永遠都不回來，你便空等一場了。』她開始接受那個男人，一年後她跟他結了婚。後來她跟他到了英國工作，她堅持帶著兒子走，我也不好反對的了。你的兒子二十歲了，在英國讀大學，暑假會回來。他長得比你高。傑仔，你千萬別怪她。」

阿傑回港後，欲找汽車維修的工作。但停了二十年，根本沒有人會聘用你。他後來找到一份物流的工作。他到過英國探兒子和前妻，兒子半開玩笑地説：「媽媽説過我有一個親生爸爸，在我一歲時便失蹤了，現在忽然來了個親生爸爸，真不知如何是好！」

一家之事

她帶著三歲的女兒和一歲的兒子來港跟丈夫生活，沒想到住的地方放下一張雙層床和書桌後，連多放一個衣櫃的地方也沒有。

她對丈夫說：「這裡比家鄉的廚房還要小，怎容得下我們一家四口？不如我們返鄉下……」

「忍耐一點，既然來了，無論如何也得好好生活下去！這裡是香港，寸金尺土，有這樣的房子已經很不錯。過兩年生意重上軌道，我們可以搬到較大的房子，阿仔阿女都有自己的房間。」

夫婦倆艱苦經營，過了幾年，他的生意好起來，更有海外投資者看上了他的公司，業務迅速壯大。有了錢，他們的生活也起了很大的變化。在西九龍買了間董事房，煙花海景，她經常對朋友說：「買這房子時地產市道低迷，舊業主但求套現，平了二百多萬賣給我，短短數年升了近兩倍。」

她也著手協助家鄉的村民，重修學校、公路和協助孩子到鎮裡上高中，也因此成了當地政協。子女也從屋邨名校轉到國際學校，女兒在中三那年更到了英國念中學。過了兩年她說：「香港變了，這裡已不是我熟悉的香港，我不再喜歡這裡，我不想回來上大學或工作。」

兒子也有近似的想法，他卻打算在港念完中學才到國外升學。

風雲驟變人心也變，女兒忽然決定回港上大學，兒子也不再提要到外面去。兩個孩子入讀中大，兒子念法律、女兒進了醫學院，令她在親友面前感到非常光彩。

修例事件引發的社會運動卻令她非常沮喪。孩子不但參加了一百萬、二百萬人的大遊行，還經常出席各大小示威和集會。最初兩人都沒有告訴她他們的活動。這也難怪，夫婦倆為了生意奔走兩地，一個月也沒幾次一家人一起吃晚飯。後來見到姊弟倆的衣服幾乎全變作黑色，她便擔心起來，質問之下才知道他們經常進出催淚煙之地。

她很擔心，擔心孩子會受傷或被捕；政界朋友傳來不少訊息，表示被捕的示威者在扣留期間會遭殘酷對待，男的會被毒打女的被輪姦。更何況這場動亂已被定性為受外國影響意圖奪取政權的顏色革命，這一代要分裂國家的年青人將要被放棄。

她愈想愈怕：「朋友知道我們的孩子參與暴動，我還有臉見他們嗎？」她要姊弟倆立即停止參與任何示威，換來的是吵了前所未見那麼激烈的一架。

爭吵！

「你們令我太失望太擔心了！你們知道自己在做什麼嗎？你們被外國人洗了腦正在搞顏色革命、要奪取政權搞港獨，國家一定不會放過你們，他們已經作好了準備要放棄你們這一代人，這樣下去你們還有前途嗎？我和你爸一直忙於工作，沒有好好看著你們……」媽媽激動地說。

「別來文革那一套無限上綱上線扣帽子，我們沒有要求獨立，也沒有被人洗腦或者搞什麼顏色革命，我們只是想好好保護香港的核心價值和生活方式。在一個沒有自由的國度裡，說什麼話、上什麼網、去哪裡都要被監控、規管；除了謊言什麼都是假的，連人民在法律保障下的基本自由也失去了，教我們怎樣活下去！我們得捍衛香港的民主與自由，我們不要香港變得跟內地一模一樣，保護好我們生活的地方有錯嗎？」女兒說。

「保護這地方沒有錯，但你們用破壞和暴力的方式便大錯特錯！還要逼人罷工、罷課！你有尊重過他們的自由和人權嗎？為什麼要逼人家做你想要做的事！你去旺角看看，行人路變了沙地，所有交通燈壞了，地鐵站的設施被嚴重破壞，不少商舖被破壞，還四處擲汽油彈，這也算是保護香港維護香港核心價值嗎？」媽媽說。

「是政府不聽民意，示威者的行動才愈來愈激烈。若政府在一百萬人上街後立即撤回惡法，也許事件可以得到紓緩，但政府冥頑不靈，還向示威者放催淚彈。二百萬人上街了，政府卻像失聰了，什麼也不做，拿警察出來對付示威者，每顆射出的子彈，都在增加市民的憤怒，同時也失掉市民對政府的支持。當這個社會失去了應有的秩序，政府躲在警察屁股後面什麼也不做，示威者只會愈來愈不滿，當警察使用的武力愈強、示威者在裝備與武力強弱懸殊下，為了保護自己便逼不得已使用更強的武力，這是一種常見的反壓迫社會現象。」兒子說。

媽媽右手拍在餐桌上，桌面的玻璃裂了，桌上的水杯也給震跌到地板上，她長歎一聲欲把兩個不生性的畜牲大罵。兩個孩子卻一起說：「媽媽，別動！你的手在流血。」

一家人

女兒捉住媽媽的手叫她別動為她處理傷口，她卻用力把她摔開，鮮血從她的手飛向女兒，她的臉和白色上衣都是血！媽媽也呆了。

兒子走近捉住她說：「冷靜！把手給我看看，跟著我深呼吸——慢慢吸氣、忍三秒、慢慢呼氣，再慢慢地吸氣……」女兒已按住她的傷口止血，很快已把傷口清洗包紮好。

媽媽漸漸平靜下來，眼淚卻湧出，跟著哭了起來，兩個孩子摟住她為她拭淚。

女兒送上一杯清水，她一口喝光，破涕為笑說：「剛才流的淚可能比這杯水還要多！哭著時我想起了很多事，也從電視新聞聽見中學校長會主席的話：『年輕人是我們的未來，不要再說放棄年輕人。期望年青人不要放棄我們，不要放棄香港，不要放棄希望。』聽見他這麼說，我感到非常羞愧，過去幾個月，未經深思熟慮下，我居然每天在各個群組散播著要放棄一代年輕人的訊息，這個想法很錯！年輕人是反叛、敢言及有挑戰權威的勇氣，他們見到社會上有不公義不合理的地方便會直接說出來，他們心裡有話便說，不會衡量說過的話是否對自己有利。問題是他們的要求往往讓父母或當權者感到被冒犯及不尊重，因為在權位者往往視這個權為私有財產，忘掉了那不過是人民的授權，一旦有不同的或反對的聲音，便會感到不安甚至想到外面有人要奪權。」

女兒接著說：「一個政府不聽民意也算了，怎可以把反對她的市民當敵人對待！市民多月來不住要求，政府只說不會答應，拿警察出來當磨心。建制中人回歸後也不曾把團結港人的工作做好，相反把支持民主的人當作敵人；不知為何，支持民主的人也愈來愈敵我分明，這樣下去只有更大撕裂。制度的問題令市民的行為也扭曲了，若偏差了的制度和系統得不到修正，民怨得不到疏導，每隔幾年便會出現一次大型社會運動，二〇一四年有佔中，今年有反送中，再過幾年有……我們愛香港，把我們的家安在這裡，得學會在動盪中活著。那時出來示威跟我們對著幹的可能是我們的孩子。」

「媽媽愚昧，只會聽話和支持上級的意見，生意也算順利。以年青人的看法，是不是一定要『五大訴求、缺一不可』方能解決當前的危機？」媽媽問。

兒子回應：「那只是口號，口號後面要處理的是制度不公義及前景不明朗的問題，聰明的政府也知道，只對著五大訴求是不可能把問題解決。」

有意義的對話

「不能只看五大訴求，那又該如何走出當前困局？」媽媽問。她似乎也想知道孩子的看法。

兒子笑著回應：「若我是特首，只需做一件事便可平息民憤讓社會回復平靜，做了這件事其他的訴求便會自動得到解決，尤其是在區議會選舉中建制派大敗後更加要做的事，就是將香港真實的民意向中央反映，並要得到中央的支持重新啟動政改，邁向真正的普選。令選舉特首和立法會議員的制度變得更公平。作為特首除了向中央負責，更應向市民負責。」

「那不是太理想化了嗎？特首或中央怎可能讓香港實踐真普選，若香港實行了真普選，其他省市也提出同樣的要求時，中央豈不是很為難？」媽媽說。

「香港是特別行政區，『一國兩制，港人治港，高度自治』是受《基本法》保障的，跟內地省市不一樣。作為中央，令港人真心回歸，便得相信香港人和尊重香港人的核心價值和生活方式，真真正正讓港人治港，不能把內地的一套在港實行，不然便會觸動深層次矛盾，這個矛盾還未到達可以解決的時候。兩地和平共處互補不足繼續發展，到了某天彼此的生活方式和價值漸漸接近，問題自會得到解決。」兒子說。

媽媽再問：「若一人一票選出來的特首和立法會議員是傾向港獨的，那時國家便會分裂，中央一定不會應允。」

兒子回應：「你所說的情況或者有可能會發生，但機會肯定不大。參選者必須是愛國愛港的，港獨人士連報名參選這一關也過不了，不用說當選特首了。更何況有四成多支持建制的鐵票。即使上了台，做得不好，市民也可以用手上的選票把他趕下來。這大概是民主選舉最美妙的地方，權力是人民透過選票授予的，權力交替也透過選票發生，不用流血衝突或造成生命損失。一個發展了的社會，市民的教育水平高了，經濟條件好了，對世界的認識多了，自然較著重選舉的權利。」

女兒打岔：「換句話說，中產者較著重自己可以決定個人的生活方式，較著重參與政治和社會的發展，而不喜歡唯命是從做個聽話的孩子。」

媽媽說：「真是很有意義的分享，你們的觀點我得好好消化一下。我的肚子餓了，不知大家可有同感？」

梅

執拾廚房時，在頂櫃最深處找到一個埕子。埕蓋積了一層厚厚的塵，埕裡的液體是深黑色的。乍看不知裡面載著些什麼。花了不少時間才弄開埕蓋，一陣濃濃的酸梅香氣撲鼻而來，我忍不住吸了一口又一口。那種香味久違了。

記得上次打開埕蓋是十多年前，大女兒還在念小學。剛巧家傭回鄉探親，我只好放假照顧孩子做家務，內子更為我改了個男菲傭的名字。我送孩子們上校車後便到街市買餸，買了斤排骨、一尾石蚌及一斤苦麥菜。打算晚餐吃梅子蒸排骨、清蒸石蚌和苦麥菜滾湯。回到家裡才發現忘記買酸梅，打開櫥櫃見到那埕子，一種親切的感覺在心裡湧現。

晚飯時分，三個孩子不但把一斤排骨吃完，連電飯煲裡的白飯也吃個清光，兒子説：「排骨汁撈飯原來很好吃！為什麼菲傭姨姨弄的梅子排骨沒有這種味道？」

我笑著回應：「因為姨姨用的是買回來的酸梅。我用的是自己種和醃製的酸梅。」

三個孩子把眼睛睜得很大地問：「自己種的？」

我笑説：「是啊！梅子真的是從我親手種的梅樹上摘下來的。那時我念小學二年級，放學回家便到果園去幫忙，其實是去玩及幫倒忙。爺爺和爸爸在種梅樹，我也堅持要種一棵。學著大人用鋤頭挖一個小洞，把一棵小梅樹放進去，在根部蓋上泥土，把樹苗扶正，再到溪裡打半桶水淋在樹苗的根部，栽種完畢，更得到大人的讚賞。

「鄉下地方，玩意太多，很快把梅樹忘掉了。過了三年，冬至過後不久，走到果園去捉『金絲貓』、『紅孩兒』，發現我種的梅樹已長得比我高，梅花綻放，幽香陣陣。

「過了清明，幾十棵樹上的梅子變黃了，我們全家出動去摘梅子。我從自己親手種的梅樹上把梅子一一摘下。當然忍不住邊摘邊吃呢！真的很香很酸。沒想到一棵小小的梅樹可長出四五斤的梅子。爺爺和爸爸要把幾籮梅子送到墟市去賣，我卻要把自己摘的梅子留著。

「嫲嫲說：『你留著的梅子太多了，吃不完會變壞，不如把它醃了以後慢慢吃。』嫲嫲教我把梅子曬一兩天待果皮皺了，便一層梅子一層鹽地放進埕裡，然後密封埕蓋，擱在陰涼地方一兩年，便可以用來蒸排骨、白鱔或做梅子鴨。

「我是大人口中的『竹織鴨』（無心肝），很快又把那埕酸梅忘掉了……

梅子蒸排骨

「把梅子放進埕裡醃好，放在家裡一角，數月後我已忘掉這埕酸梅。跟著我出外念中學，假日才偶爾回去。大學畢業後便跟朋友一起搬了出去住，更少回家了。爺爺去世後，收拾他的遺物時，在床底找到那埕酸梅，兒時爺爺教我種梅樹的一幕重現心頭。嫲嫲說：『還記得嗎？這是你親手醃的酸梅，你爺爺說一定要保管好待你回來交給你。可你一年才回來一兩次，吃頓飯聊聊天便要走，總是忘記把酸梅帶走……那埕子也有來歷的呀！是你爺爺的爺爺從鄉下帶出來的，有百多年了。』

「我拿著那埕酸梅回市區，心裡內疚起來。爺爺那麼疼我，我竟然只顧自己的生活。有時間見朋友、跟朋友打球、看電影、去旅行，卻連爺爺病重也沒空回去探望。爸爸說：『他在醫院最後的一夜，睡與醒之間還不住叫你的名字。等到你趕回來叫了他一聲，他才一臉笑容地呼出最後一口氣。』

「那埕酸梅一直擱在櫥櫃裡給遺忘了，也從未打開過。若不是今天忘記買酸梅，真不知道我原來有這麼一埕寶貝！」說到這裡，碟裡的排骨幾乎已吃光了。大女兒把剩下的兩塊挾到我碗裡，三個孩子盛來白飯，把排骨汁也吃光了。

小女兒問：「爸爸，可否每星期都弄一碟梅子排骨給我們吃？」我答應了她。待家傭放完假回來，我便很少進廚房，幸好小女兒跟我一樣都很善忘，她再沒有問起那個承諾。

今天放假，我想弄一碟梅子排骨給他們吃。他們都長大了，各人有自己的生活，得發個短訊問一問他們會否回來吃晚飯，我還特意告訴他們我會蒸梅子排骨。他們都給我正面的回覆，更表示要帶朋友回來一起嚐。

我得到街市去買餸。這是個怎麼樣的世界！排骨也要百多元一斤，跟樓價一樣升了幾倍！

吃飯時，那碟梅子排骨最先給吃光了。大女兒要我教她蒸梅子排骨，如何買新鮮排骨、用什麼配料、蒸多久我一說她便會，真多得她在中學時的食物科技課。我最後說：「最重要的還是酸梅……我七歲種梅十一歲醃梅，醃了足足半世紀才有這味道，放進口裡還有溫暖的回憶。」

兒子問：「梅樹還在嗎？」

「去年我回鄉，到果園走了一轉，見梅樹已倒，旁邊長出了新枝！樹旁兩個清朝兵丁的墳墓依然完好……」

小狗

每天開車經過，總會見到一隻黃色小狗在鐵網裡遊蕩。鐵網圍住的是個足球場般大小的地盤，左右都是高聳入雲的玻璃幕牆大廈，前後是兩條繁忙街道。

那地盤本是幾座戰前舊樓，不少單位改建成劏房或籠屋，租給附近上學的大學生及新來港移民，不少從內地來的大媽也愛租用廉宜的房間為港男提供性服務。

一位當保安員的男士，跟老婆離婚後便搬進那裡的其中一個劏房。他本來有個幸福家庭：四十七歲到東莞探親，跟表弟到夜場認識了一位來自四川的按摩女郎，兩人結了婚。老婆單程來港，很快生了一男一女，為了養家他辛勤工作，當金舖保安工作時不幸遇上械劫，他努力抗賊卻中槍昏迷，在醫院療養了幾個月，又在家裡休息了兩年，他無法再回到原來的崗位，接受了保險公司的數十萬賠償便給辭退了。把錢給了老婆，她立即變了另一個樣貌，昔日千依百順今天當他透明，從未聽她說過的一位表弟經常到家裡來。

水落石出，那表弟原來是兩個孩子的生父。

他一言不發平靜地把自己的物品放進一個殘破行李箱，拖著行李箱走出去，他心愛的五歲女兒在後面不住叫爸爸別走，並說：「我要跟著你！」

他把步伐放緩，本想回頭抱抱女兒，叮嚀幾句叫她要聽媽媽的話。可媽媽冷冷地說：「你跟著他幹什麼，人又老錢又無，今晚便要睡天橋底！」他頭也不回加快步伐重重把大門摔上。砰然一聲有若陰陽相隔，他的思緒很亂，心裡想跟孩子一起吃飯、一起在家說故事、一起在公園玩西瓜膠波。他也放心不下他們，兒子的哮喘在天氣改變時會發作，媽媽卻總沒注意，他想回去吩咐兒子記得把哮喘藥放進書包裡，可他的雙腳僵住了不聽指揮。

他要轉身，升降機門打開。他猶疑，裡面的一位小姐問：「是不是要進來？」他拖著行李箱進去不住的說「對不起」。他開始問：「我全心全意疼她，為什麼她這樣待我？」想到這裡他非常憤怒，雙拳緊握咯咯作響。一種從未在他心裡出現，跟他個性完全不合的想法在心裡湧現：「不把她斬死我誓不為人！」可想到這裡他便內疚：「這樣會把孩子嚇壞，我就這樣拋棄了他們，已經令他們很難過的了。更何況失去了媽媽又由誰去照顧他們呢！」

想得入神，升降機門打開也沒留意。一乘客提他：「已到地下，是否要出去？」

緣分

拖著一個破行李箱，走出自己辛苦買回來的房子，眷戀的都是荒謬的，兩個孩子昨天還是熱情地叫他「爸爸」，為什麼過了一個無法入睡的夜晚，老婆告訴他孩子的生父其實是她的表弟，他便要離開這個家？她可沒叫他走，只是再也無法忍受保守著這個秘密的痛苦而向他剖白。他再問自己：「就這樣走是不是衝動了一些？更何況我是孩子的父親，至少出生證明書上父親一欄有我的名字。」他後悔走了出來，沒有接受老婆的建議，表面上在孩子和親友面前他們仍是兩夫婦，暗地裡他得接受她繼續跟她的表弟來往。

也許為了尊嚴，他放棄了這個家，沒有家一切已不重要，他也放棄一切。老婆提議把他的工傷賠償金還給他，他只道：「留著把孩子養大！你的表弟不是好人，四十歲了還不務正業只會向你要錢。你沒有錢他便不會再出現。都幾十歲了，難道還要出來賣身……」他感到絕望、無助，他從未想過，一個一起生活快十年的女人原來一直在騙他。她勸過他留下，他激動地罵：「你教我怎樣留下？換作是你你能嗎？」他深呼吸數次，她不住道歉，最後還是吵了一架，他說了些惡毒的話，又咒詛她的表弟在歡場染病而死，並把不治之症傳給她。他後悔說了這樣的話，但見到她的臉因此而扭作一團又感到無比痛快。

一切已成過去，孑然一身拖著個殘舊行李箱走在街上，肩上沒有擔子，人本輕快，可步伐跟心情一樣沉重。本是了無牽掛，心裡卻總是有些東西放不下。在一個大都會裡，忽然擁有的絕對自由原來只會教人迷惘。想到哪裡去？要走左還是右？要不要過馬路？人生無方向。甚至覺得活著跟死去無分別。他甚至希望過馬路時一輛名車疾馳而來為他的生命畫上句號。他又忽然想起，自己在網上登記了器官捐贈，他得好好保護自己的身體，世上有幾個人可能需要他的器官才能活下去。

不知走了多久，漫無目的在高樓大廈中間穿插，又熱又渴便在報紙檔買瓶水一口喝完，膠瓶交賣報婆婆回收，他實在不想身上帶多任何一件物品。

海傍、日落。見到街角那間茶餐廳，想起兒時住天台木屋，爸爸行船回來，便帶著媽媽、哥哥和他到那茶餐廳吃大餐，一種溫暖的感覺和回憶在心裡湧現，二十年沒來這裡了，沒想到人生早已埋下既定的軌跡。

他覺得肚餓。正想往茶餐廳走去，一隻又髒又瘦的小黃狗走到他腳邊嗚嗚哀鳴。

落日飄泊漢與小狗

他抱起瘦弱小黃狗，輕撫牠的背說：「沒想到你跟我一樣都是無家可歸四處飄泊，不打緊，沒有家便無牽無掛，天地之大就是我們的家。看！我們的家有無敵大海景，日落紅霞漫天，還有遠處飛鳥。」說到這，他心裡忽然湧現一個畫面：兒子跟女兒伏在他身上一起聊天玩耍。「這景象就在昨日發生，為何今天變得如斯落泊？」他的鼻子酸了。夕陽灑在他與小狗身上，暖意也只能增添少許蒼涼。

他看了看破行李箱，又再自言自語：「捱了半世，成就只有一個爛行李箱，但總比一無所有好吧！」

他想起兒時跟爸爸在海邊跑步，跑步後跟他看日落，他總有說不完的故事見聞。有一次他問：「爸，你最近去過的地方在哪裡？日落是不是都一樣？」他輕撫他充滿汗水的頭說：「那地方叫巴拿馬，在地球的背後，那裡有條運河。在地球任何地方看見的日落都是差不多，在大海航行時見到的日落最美，沒有山也沒陸地，只有天和海，紅日就在你身旁慢慢沉下水裡，沉了小半時金光在水面像築了一條路，像沿著那路走可以奔向太陽似的。然後是紅霞無際；紅霞退進無邊的黑暗裡，天上的星星便悄悄跑出來，在海上見到的星星又亮又大。」

他興奮地說：「爸，我長大了也要行船！」

爸爸苦笑道：「傻孩子，倘若可以選擇，我也不會行船，拋妻棄子走上甲板，至少半年才能回家幾星期，那些日子並不好過。行船跑馬三分險，遇上魚雷或被戰亂的炮彈擊中便會葬身大海。孩子，好好努力讀書，將來當個科學家或飛機師，賺到錢便可以舒適地四處去看看。」

他曾承諾：「爸，我會努力讀書，將來賺很多很多的錢，帶你乘飛機環遊世界！」

第二天他上學後爸爸便要上船去一趟利物浦，他跟爸爸擁抱一會便上學去。若他知道那是最後的擁抱，他一定會緊抱著爸爸不放。放學後他和哥哥立即回家，在天台看看爸爸曾經告訴他們他要登上的藍煙囪貨輪是否仍在維港。不見船蹤，媽媽大聲對你們說：「爸爸知你們想養狗，不知從哪裡找了一頭小黃狗回來。」

日已沉，長長的舊街燈火明亮。你對懷裡的小黃狗說：「來！我們去那家茶餐廳吃晚飯，那裡的黑椒牛扒……」

何處是家園

他抱著小狗拖著破行李箱，走進牛記冰室，掌櫃阿牛立即上前招呼：「錦叔，很久不見了，剛行船回來？」

他回應：「錦叔是家父，我是他的兒子。」

阿牛立即笑著說：「你是哥哥還是弟弟？你長得跟你爸爸一模一樣，他上次跟老婆來吃飯，也是抱著一隻小黃狗。」邊說邊領他到昔日常坐的木卡位。

他回應：「我是弟弟，哥哥一家和媽媽移居舊金山。爸爸買了小黃狗回家，落船去了一趟利物浦便再沒有回來，船公司説他的船在回航途中給誤炸，爸爸下落不明。」

阿牛為他端上一杯茶和放下餐具，他問牛叔生意如何。阿牛聳聳肩説：「單眼佬揀老婆，一眼睇晒！港式茶餐廳在香港很難生存，租金、工資和用料貴，座落舊區街坊都年紀大了消費力弱，年輕人愛日本放題或韓燒，反而近日多了外國人和自由行到來光顧，他們説牛記冰室在網上爆紅，人人幫襯都要點紅豆菠蘿冰、黑椒牛扒及熱鴛鴦。連我們的常餐番茄湯通粉也上了網，白天倒坐滿人，到了黃昏水靜鵝飛。加上重建在即，對面的房子已給地產商收購了圍上了板，我們這邊的幾幢大廈正跟地產商談收購條件。」

他點了個雜扒餐跟羅宋湯，回望四周，餐廳跟三四十年前一模一樣，只是殘舊了一些，地上的綠白相間的紙皮石已有不少破洞，牆紙變黃剝落，而阿牛臉上都是皺紋，頭上只剩幾根白髮，昔日穿上白色制服的夥計不見了，只剩下幾個中年女士做樓面。

他跟小黃狗分享著晚餐，他一口一口小心地吃，重溫著昔日跟哥哥和爸爸在這裡吃飯時那種感覺，小黃狗沒有沉重回憶，倒可大快朵頤。味道跟三十年前一模一樣，可十年人事幾番新。爸爸失蹤後，媽媽帶著他們搬到沙田上了公屋。哥哥讀書成績好上了中文大學，後來到美國念博士，之後便在當地成家，也接了媽媽過去住。自爸爸失蹤後他便無心向學，未到中三便給踢出校，跟著一班蠱惑仔做過泊車、夜場保安，後來被一老闆賞識，做了幾年私人保鏢，老闆去世便轉投保安工作，中槍受傷前他是一所銀行的保安主管。以綠表抽了一間三房居屋，結了婚生了仔。

吃過了晚飯，繼續跟阿牛聊天，阿牛問他住哪裡，他眼睛紅了。阿牛告訴他，餐廳樓上有不少地產商收購了的吉房，你只要付錢給那看更，他會為你接上臨時水電，若不嫌品流複雜，可以在那住一會兒。

寄居塵世

他搬進一間很久沒人住的劏房，大門打開，傳來陣陣霉味，地板上堆滿垃圾，牆角天花在滴水，連小黃狗也不願進去。幸好另一邊放著的一張床，看上去還可以用。他把房間清潔消毒，看更為他接通臨時水電，他和小黃狗終於有個落腳的地方。雖是破屋，床、廁所浴室和冷氣機卻是新的，開了冷氣機，屋裡的悶熱立即變清涼。

他總不能整天呆於斗室，第二天醒來，他便帶著小黃狗出去散步，吃了早餐後把小狗留在家，他去探望昔日的舊同事，一個人搬了出來，總得面對現實，定要找到工作方能活下去。

見了幾個前下屬，今天他們都已是經理或主管，大家知他受過傷不能過份操勞，銀行或商場可能不合他。最後找到一份地盤看更，可以二十四小時工作，下班後更可住在臨時宿舍，一星期後上班，上班地點未定。

他和小黃狗到牛記冰室大吃一頓以慶祝找到新工作，那夜，冰室坐滿了人，不少是衣著性感化上濃妝操普通話的女人，年齡由二十至五十都有。另一邊的卡座坐著幾個中年男人，也有一兩個穿校服的大男孩。一個穿校服的男孩走近一名年輕高瘦女子，他們聊了幾句，他便跟那女子出去了。其他男人也是重複著相同動作，走近某女士聊幾句便一起出去。

牛記老闆對他說：「今天樓上的雞場來了新貨色，女的愛在我餐廳等客，男的在這選女。反正大家有幫襯便好。」

吃過晚飯回家，他到了自己的一層，便聽見不同房間傳出來的呻吟聲。此起彼落立體迴環。小黃狗不停地吠。到了清晨二時才漸漸清靜下來。

在那裡住了一星期，牛記結業了，樓下在一天裡便圍上了板，推土機進來了，一個大貨櫃也搬了過來。他就是在這地盤當看更，而那個貨櫃就是更亭及辦公室。

四個星期後，那幾幢樓都給夷為平地，變作夾在玻璃幕牆大廈中間的大地盤。

除了買日用品，他和小黃狗幾乎二十四小時都留在地盤。

小黃狗整天在地盤跑來跑去。他一日三餐用拾回來的電飯煲煮飯。

夜裡睡不著，他特別想念兒子和女兒。他決定放假時到學校一趟。

思念

他在地盤當看更兩個多月，小黃狗已長大了很多，地盤上已長出了野草，他總是不停地想著兩個孩子。

有一晚，他在夢裡見到孩子被一個男人追打，孩子向著他跑過來，並大聲地叫：「爸爸！救命！」他立即向孩子跑過去，且跑得很快，自受傷後也從未這樣跑過。當他跑近，旁邊的一幢大廈忽然橫臥街上，把孩子壓住了，他醒了，感到很失落。他跟自己說：「明天放假，到學校接他們放學。」然後安樂地睡著了。

下午三時半，下課鐘聲響起，他焦急地在學校門口等。學生魚貫出來，終於見到妹妹跟著哥哥走出來，他們一見到他便撲上去抱著他，妹妹開心得哭了起來。

他帶著兩個孩子到商場裡的快餐店，哥哥幫忙買漢堡包，妹妹又再哭了，像是受了很大委屈似的。他說：「妹妹別哭！告訴爸爸誰欺負你！」她邊哭邊說：「我們以為爸爸不要我們了，想起以後也可能再也見不到爸爸便想哭。那個表舅父整天躲在媽媽房裡，我走進去睡在媽媽身旁，他便把我拖出客廳，並踢我。」

哥哥捧著漢堡包和飲品回來，立即接著說：「他不是好人，只會向媽媽要錢，爸爸的賠償金已全給他拿去了。媽媽沒有錢，他便要媽媽把房子賣掉；知道房子不是她名下，便提議媽媽把我們賣掉；媽媽給我們的零用錢，媽媽上班後他便要我們全數交給他，不給他便打我們，並威脅我們，若把真相告訴媽媽，他便把妹妹賣掉。我們都害怕回家，想找你卻不知你在哪裡。今天再見到爸爸真好，我們可以回家去，把那個表舅父趕走。」

聽了孩子的話，他感到生氣。他很疼兩個孩子，那個表舅父據老婆說是孩子的生父，居然這樣虐待自己的親生兒。另一方面他也覺得自己很可笑，人家怎樣對待親兒與他毫不相干，自己居然感到心痛。

他陪孩子在快餐店把功課做完，並溫習好明天的默書，便準備送他們回家。到了樓下，他本想叫孩子自己回家去，待下星期放假才到學校接他們，但妹妹態度強硬：「爸爸！你不回家我們也不回家，我們只想跟著你，你睡天橋底我們便睡天橋底。無論住在哪裡也比跟那個表舅父一起住好。」

你明白孩子吃了不少苦頭，不見他們又總是想著他們。但他又不想回去對著那個表舅父，帶孩子到地盤暫住？那裡環境簡陋衛生條件不好。

總得讓孩子有個安穩的家

孩子不肯回到媽媽身旁，他也沒有地方讓孩子快樂地生活，他感到非常苦惱。想過帶他們回地盤更亭住一晚，但那裡蚊子多，明天醒來一定全身都給咬得紅腫。

躑躅之際，兒子說：「爸爸回家我們便回家，只要爸爸把表舅父趕走，我們也可以跟媽媽一起生活，只是太想念爸爸了！我和妹妹想過離家出走，又怕爸爸回來找不到我們。」

他不想回去見到老婆跟情人親暱的情景，那個女人原來一直都在利用他，連所生的子女都不是他的，這口氣無論怎樣也嚥不下。「帶孩子租住劏房，可過了今晚怎麼辦？明天起一連幾天二十四小時上班，根本無法照顧孩子。」他想。

女兒說：「爸爸！不如今晚回去住一晚，明天我們把書籍衣服收拾好就跟著你走。」

兒子和女兒拉著他進升降機，拉著他進大門。

剛開門，便聽見表舅父大聲呼喝：「兩隻死馬騮到哪裡去了，這麼晚才回家，看來要好好教訓一下！」女兒聽見表舅父的話便全身顫抖起來，雙眼含淚。兒子抱著妹妹輕聲說：「別怕！有爸爸在！」他見到這樣的情景，便想到他離家後孩子的遭遇。他再也不能視若無睹。他輕輕地走向表舅父，從後一拳重重的打在他頭頂。他來不及錯愕便昏倒了。

他看表舅父還會呼吸，便把他的手腳捆綁，用牛皮膠布蒙著他雙眼和嘴巴，他醒來欲掙扎，卻只可躺在地上動彈不得。他把表舅父帶到附近幽暗、人跡罕至的窄巷，讓他坐在一張被棄的木椅上，再用牛皮膠布綁著他雙手在椅背上，取去他的身份證及來港通行證後扔到另一條街的垃圾筒去；他的手機給除去電話卡後便給扔進海裡。

回到家裡，他吩咐孩子不要對任何人說起當晚的事，若媽媽回來問起表舅父到哪裡去了，哥哥負責回答：「今天學校有課外活動晚了回來，回到家裡大門鎖著屋裡沒有人！」跟著他把表舅父的衣服物品放進垃圾袋，把他投注波、馬的票據和往澳門的船票散落地上。再叮嚀孩子一星期裡也不要接電話和開門給任何人。重複叮嚀後便帶著垃圾袋裡表舅的衣服回地盤一把火燒了。再用一張儲值電話卡發短訊給自己及老婆：「阿立（表舅父的名字）你個死××！別以為坐大飛來港便找不到你！今天給你小教訓，明天再無錢還便斬你！」他估計老婆會在五分鐘內打電話給他。沒想到三十秒內她的電話到了。

她焦急地問：「到底發生什麼事？為什麼？怎麼辦？」

慣了一個人自在的生活

她大概不清楚發生了什麼事，才立即打電話給他。接到她的電話，他既失落又開心。失落是表舅父在她心中仍佔重要的位置，開心的是她感到無助便第一時間找他。他覺得遊戲愈來愈好玩。他見老婆如此關心她的表弟，想起她說過只愛表弟，兩個孩子的生父也是她的表弟，他便很生氣。他冷冷地說：「我搬了出來幾個月，已沒見過他，卻經常收到財務公司的電話。看來他極需要錢。花光了你的錢便逃到香港躲起來。你還是不要讓他留在家裡，擔心大耳窿會來鎖鐵閘放火潑紅油。孩子住那裡會很不安全，你最好任何時間都陪著他們，不然有人來放火，孩子這麼小會應付不來。」

她的聲音震顫：「怎麼辦！我不外出工作，家裡便無飯開。你留下的錢已給表弟花光了。難道真的要領綜援不成？好歹你是他們的爸爸，你能幫幫他們嗎？」

他最希望見到的事要發生了，他只希望可以回家去住，陪著兩個孩子成長。到底是不是親生兒對他來說並不重要，尤其兩個孩子都很信任他，他覺得要為他們創造一個安穩的家。然而，心裡仍是生氣，他無法阻止自己去折磨這女人：「又不是我的孩子，我又沒有工作像個廢人一樣，教我怎幫？難道我可以整天呆在家裡照顧他們嗎？」

她心急地回應：「只要你回來，你可以專心照顧孩子，我可以外出賺錢。」

他反問：「你的表弟怎辦？我怕自己無法容忍他在家裡像個大爺一樣整天要人服侍，更不能把我的床也讓給他。」他說著這些話時表現冷靜神態自若，每句話卻在羞辱她。

她哭著回應：「老公，都是我不好，是我不對！我不該招惹這個表弟，我答應你以後不見他不讓他到我們家！他已害得我們夠苦了。」

他要她在孩子上學後才工作，孩子放學回家便回家陪著孩子，他會在放假時回家去，也樂意分擔家裡的開支。通話掛斷後，他抱起小黃狗大笑起來，小黃狗皺眉看著他。他對小黃狗說：「別擔心，我是不會離你不顧的，在我最艱難的一刻，你跑過來陪我，沒有你恐怕我沒那麼強的生存意志。更何況我更喜歡一個人自由自在的生活。」

他要告訴兒子和女兒，媽媽會接他們放學，他放假便帶著小黃狗回家。

就在這時有兩件事同時發生……

重逢

小黃狗突然向地盤入口吠個不停，他立即拿電筒和木棍出去查看。半夜裡經常有癮君子或內地來的小偷，闖進地盤偷走鋼鐵或任何工具，小黃狗是他最佳拍檔，有陌生人走近，小黃狗便會吠，他立即出去，小偷見事敗便立即奪門而去。這次他巡視地盤一周，卻找不到半個人影，他心裡納悶。回去更亭準備睡時，小黃狗又吠了，出去看，見到一位駝背老伯站在燈下，見到他便問：「請問牛記冰室在哪？」聽見他的聲音，他感到錯愕，他四十多年前失蹤了，聽說船是誤炸沉沒找不到生還者，怎會突然重現眼前？他的心很亂，淚水不住湧出。那聲音太熟識了，即使四十年也不曾見面，也一定不會認錯。他想立即擁抱他叫聲爸爸。老伯見他沒有回應，便繼續自言自語：「難道我真的在做夢，世上根本沒有牛記冰室！」

他咳了一聲清理嗓子後回應：「有的！你站著的地方，正是昔日牛記冰室的大門口，可惜三個月前這幢大廈給拆了，牛記要搬到後面的那條街去。」

老伯失望地說：「年輕的事我都無法想起了，有間牛記冰室卻常在夢裡出現，我以為找到牛記便會找回我三十五歲前的記憶，可惜我還是來遲了。」

這時一位十多歲金髮的年青人走過來對老伯說：「爺爺，這裡沒有牛記！看來這不過是你的夢境！」

老伯立即回應：「剛才這位先生說這裡就是牛記，可惜給拆掉了。我的夢裡還有一隻小黃狗和兩個八九歲的小男孩，還有一個永遠都在微笑的女人，她可能是我老婆，可惜我連她叫什麼名也想不起……我這次回來就是要搞清楚到底那是我在做夢還是真實的回憶。」

他立即回應：「你不是做夢，那是你昔日的生活，你每次行船回來，總會帶著兩個兒子和老婆到樓下牛記吃黑椒牛扒，你們一家住在牛記樓上的天台木屋，你最後一次離家還買了一隻小黃狗給他們，跟著你上藍煙囪郵輪去利物浦，收到你從利物浦寄回來的明信片那天，船公司的人上門告訴他們，你的船誤中流彈找不到生還者。」

老伯全身顫抖問：「你怎知道那麼多的事？」

他再也忍不住上前擁抱著老伯哭泣著說：「爸爸，我們想你想得好苦啊！全家都以為你早已不在人世，還將你的照片放在祖先靈位上，我和哥哥每天為你上香。媽媽每晚都哭著喊你的名字叫你早點回家……」

疑幻疑真

他領著老伯和金髮青年進地盤休息室，奉上香茶後便問：「爸爸，以前的事你真的一點也想不起？」

老伯搖頭說：「就只有這個不住重複的夢，其他的總也想不起。我最早的記憶是在一所療養院裡，他們叫我做『無名氏 2261』，我不懂說話，也聽不懂他們在說什麼，不知道住了多少年，有一天他們要打開我的腦袋切除些東西，醒來後我聽到他們在說英語和一種我不懂的語言，我的喉嚨只能發出怪聲。又過了兩三年，我可以跟院友說英語，我卻不知道自己從哪裡來叫什麼名字，也不知道自己的年齡。他們為我起名 Peter，據說我是被漁民撈上來，處於昏迷狀態，嚴重缺水、身體多處受傷、欠語言能力。我的自我照顧能力漸漸好起來，他們把我送到中途宿舍，然後我認識了老婆，我們要結婚，便離開了宿舍。我們生了一男一女，這孩子（跟他一起的那位金髮青年）是我的外孫。

「一直被一個相同的夢困擾著，在夢裡我總是帶著一頭小黃狗、一個穿花布衫的女士和兩個八九歲的男孩到牛記冰室吃飯，有時也會見到一間建在屋頂上的木屋，我跟兩個男孩在屋頂上踢西瓜波。不肯定那是我的幻想還是真實的生活片段，也從未能夠看清楚夢中孩子和女人的樣貌，我不知道他們是誰但總覺得他們是我的親人。

「這個夢困擾了我幾十年，我找個心理治療師為我分析，可他們也毫無頭緒，只說那是我對人生的盼望，可為什麼是牛記冰室？走遍不少唐人街也找不到牛記，退休了跟外孫學上網，在谷歌找牛記，居然找到牛記冰室，還有冰室的照片和食物的照片，還有那個牛叔總是捧著一個厚厚的玻璃杯盛著香濃咖啡的照片，跟夢中的情景完全一樣。

「我便計劃來牛記冰室看看，可惜來遲了大廈也給拆了。幸好遇上你，你的故事令我進一步確定，幾十年來不住重複的夢原來是真實生活的回憶。問題是我怎可證實你就是我的兒子呢？」

他立即回應：「爸，我還保留著當年我們在天台一起拍的照片，我的出生證明書上也有你的名字。」

老伯疑惑：「可惜我連自己昔日的名字也想不起！」

他回應：「爸爸！我們姓段你的名是錦，人人叫你錦叔。我可帶你去補領身份證。還有，下星期牛記冰室重開，我們可以過去看看，牛叔也一定可以把你認出來……」

迷離

他以為爸爸段錦回來是尋親，沒想到他確定了自己的夢境是真實的回憶後，他便跟自己道別，連他的名字及生活近況也不想知道，只是淡然地留下了手機號碼和地址便要走：

「到英國便來找我！」他也把自己的手機號碼和住址給他，兩人握手道別，小黃狗在旁安靜地望著他們。

送了爸爸上的士，他感到他很遙遠，甚至感覺不到昔日那份父愛。回到更亭，他大哭，他覺得父親最後也把他遺棄了，感到生氣：「四十幾年前失蹤了，為什麼還要回來！更何況回來的目的只是確認自己的夢境曾真正發生，對夢裡的女人和孩子漠不關心。」他很亂，無法明白爸爸的冷淡，也不肯定要不要讓母親和哥哥知道爸爸尚在人間。知道了也許帶來一陣喜悅與盼望，但感受到他對自己半點感覺也沒有便立即掉進痛苦的深淵。

他知道自己不會去找爸爸的了，卻又捨不得把他留下的地址、電話號碼扔掉。回首半生，他發現自己心裡仍然留著不少欲捨卻捨不得的東西。這些東西都非常沉重，重得他舉步維艱，不能前行；每次踏進升降機，他也擔心超重警號會響起，令他屏息、不安。

哭了一會，他忽然想起被他打暈後扔在小巷盡頭的表舅父：「為什麼過了半晚仍然沒有他的消息？若他被警察找到，他一定會說出我的手機號碼，警察也會打電話給我，若他掙扎脫身，他身無分文，也一定打電話給我。」他愈想愈擔心，他擔心表舅父會死掉，他便會被控謀殺。他立即跳上的士到那小巷去，他祈求上天，一定要讓他活著。他感到奇怪，表舅父跟他老婆偷情並生下兩個孩子，他該痛恨他才是，為什麼還要回去救他呢？

到了巷口跳下的士，如箭跑進黑暗小巷盡頭，幾次幾乎給雜物拌倒，嚇得正在覓食的甲由老鼠落荒而逃。見到他仍在木椅上給束縛著，他立即解開他，他卻像失去所有氣力般掉到地上，他按他的腕，他大驚：「糟了！他沒有脈搏，也沒呼吸！」

他立即報警及為他進行急救。警察和救護員來了，燈光下他發現那人不是表舅父，他又是一次驚慌：「給綁著的明明是表舅父，為什麼竟變了一個陌生人呢！」他立即想到，表舅父醒來，把救他的人反綁在椅上。他可能回去，打兩個孩子。他隨便對警察說：「我剛下車急尿，走進小巷小解，見到有人給綁在椅上沒有知覺便把他解下急救，正趕著回家……」

順水推舟

他知道表舅父逃脫了便很擔心，警察問完口供他便匆匆回家去。見表舅父不住按門鈴，嘗試開門又不成功，他見你走近便說：「大門反鎖了打不開！我得盡快拿衣服離開。」

他裝作毫不知情地問：「發生了什麼事，要走得那麼急？」

他一臉惘然：「今天交上了厄運，黃昏時有人入屋把我打暈，醒來發現自己給綁在椅上，頭很痛，我想大叫救命，可嘴巴給牛皮膠布封住了，我努力踢地下的鐵罐，引來了附近大廈的看更。他為我鬆綁，後來發現自己的證件和錢包也不見了，我問他借電話他不肯，向他要一百元車馬費他又不給，我便搶他的錢包，他打我可我比他快，重重兩拳他就昏倒了。我把他綁住，把他身上的錢拿去。我得在警察找到他前離開，可惜我的通行證也被那匪徒取去，我要錢坐大飛回內地去，但大門給反鎖了，我怕那些匪徒仍在屋裡。」

見他那麼落泊，你從心裡笑出來，你無奈地說：「可惜我所有的錢都給了你表姐，想幫你也沒辦法。你還是及早找個地方躲起來吧！若他給你打死了，會被判終身監禁的呀！別擔心，讓我打電話給你表姐，看她手上有多少錢。」

他裝作打電話給老婆，然後告訴她他跟孩子見有人入屋便立即帶著孩子躲了起來。「警察一定會找她問關於你的消息。」他說。說完從口袋取出一百元給他：「我就只有這些！給了你明天恐怕要捱餓了。但你走佬要緊。」

看著他驚惶失措閃閃縮縮地走，你心裡實在很愉快，以後他大概不會再回來的了。

待他走遠，你忍不住大笑起來。你打電話給兒子要他開門，走進屋裡，你告訴兒子及女兒：「表舅父以後也可能不回來的了！警察要追捕他懷疑他嚴重傷人！今晚表舅父給我一棒打暈的事，千萬不要對媽媽說！連表舅父也記不起攻擊他的人是我。」

他感到沾沾自喜，他本來計劃扔掉表舅父的證件，讓人覺得他是非法入境者而被遣返內地，如今不費吹灰之力便把他打發掉。後來表舅父打人、搶劫，自己只是順水推舟，逼這令人反感的人偷渡回內地，甚至以後也不敢到香港。

他告訴孩子他要搬回家，兄妹倆開心得哭了起來。

數星期後，那個地盤開始打樁，他被調往另一地盤當夜更，他立即帶著小黃狗回家去，見到孩子跟牠相處融洽，他又想起了父親離家行船前送給他兄弟倆的小黃狗。小黃狗陪伴了他們十六年，爸爸的船被炸失蹤後仍杳無音訊。四十年後他回來了，可心裡再沒有曾經疼愛的兩個兒子。

阿喜

中午在皇后大道中散步，一位中年婦人走近高聲叫我，令我從胡思亂想回到現實。她看來有四十多歲，有幾根白髮，笑的時候臉上出現淺淺的皺紋，牙齒閃亮。我立即把她認出來：「沒見你十多年了，近況好嗎？」

她笑得瞇了眼說：「一對孖仔剛大學畢業。細孖去了英國教書，大孖當實習醫生。孩子長大了，不用再掛心他們，我就年紀大了只能當速遞員，也有依你吩咐定時覆診、服藥。」

「近日社會動盪，你要四處走動，得事事小心！」我說。

她笑著回應：「別擔心，我是支持年青人的『和理非』。但我不喜歡暴力，見磚頭被挖、欄杆被拆、商店和地鐵站被破壞、年青人被打……我覺得很心痛；見區議會選舉非建制大勝卻很開心。唉！我覺得林鄭做得實在太差了，她是透過選票才得到權位，當她的施政違反了人民的意願，二百萬人出來遊行表達訴求，她不但不聽，還躲在警察屁股後面什麼也不做，警察一下子變成她的軍隊，把反對她的市民當作敵人……她大概不知道，每射出一粒子彈，便會令市民更傷心、更憤怒、製造更多敵意，憤怒愈大和解愈難，中央撐她便令市民對中央也反感，回歸二十年的工作也就泡了湯。

「他們是不是像我一樣有病？時刻指香港人要搞港獨要分裂國家，又指有外國勢力介入搞顏色革命，看來都是有欠實證支持的被迫害妄想，就像我當年被收入院時，確信我老公和他的小三合謀要把我和孖仔殺死！若不是你立即收我入院，恐怕我已先下手把他們除掉以保護我的孩子。現在回想起來也覺可笑！我老公很專一我居然懷疑他，那個女人原來是他的學生。

「你給我的藥丸救了我全家，我記得你曾安慰我：『我們不需要敵人也能幸福地生活！』大夫，你就開點藥給我們的政府和國家吧！香港哪有港獨？顏色革命只會發生在獨裁、專制和不公義的統治，更何況也不是什麼革命，只是人民要起來爭取自由罷了！」

「開藥給你我懂，處方給權力機器我卻沒本事！」我回應。這是不得不謙虛的事實。

她笑說：「剛才跟執紙皮婆婆一起吃午飯，她說：『平亂的方法只有一個，特首又可以避免遺臭萬年，只要林鄭立即跟中央商議改革政制盡快實行雙普選，信任香港人，可以為中華民族創造另一個奇蹟。』」

那一夜

票站未開，你已在門口排隊。你擔心選舉會因突發事件而取消，甚至想到這可能是你一生中最後一次的投票。今年接近九十歲了，中過風、通過波仔，電動輪椅的駕駛技術不錯，但你還未學會以輪椅上梯級。

在門口排隊時，一位中年女士重複地向身旁的男人嘮叨：「拿選票時一定要看清楚，要確定你的名字被畫線，要確定選票上沒有其他符號或被塗污，印要蓋在圓圈中央，待油墨乾了才對折放進票箱，還有，出來時遇上民意調查，記得告訴他你已投票給何議員，擾亂他們的視線和部署，我們受夠了，香港一定要有個新的開始。」跟著，她不住打電話叫朋友早點起來投票。

票站準時開了，有職員見你坐輪椅，便先讓你和女兒從輪椅通道進去。後面的那個女人喃喃自語：「坐輪椅便可優先投票，會不會違反了選舉條例？還有，他那麼老又坐輪椅，有能力決定選誰嗎？」

你回頭對她說：「有啊，我的想法跟你一樣！」她一臉是灰。

回到家裡，外孫夫婦剛從外地趕回來，放下行李便立即去投票。你們家算是民主、開放的，會討論候選人的政綱，至於投票給何許人是各自的決定，不會捆綁投票，更不用事後匯報。

家傭助你坐到按摩椅上，你打開電視機和電腦，目不轉睛地看直播。心裡一次又一次地希望：「今天一定要平平安安，讓選舉可以順利進行，讓市民以選票表達意向。」見到有人派紅包、米、福袋和枕頭，你的網友立即說：「一定是『蛇齋餅粽』的賄選行徑！」你立即回應：「證據呢？有人拍到他們在投票前後去拿禮物嗎？定要掌握充足證據。」

黃昏，兩個兒子帶著老伴回來吃飯，女兒和家傭在廚房忙個不停。其他人在客廳看電視直播、聊天。吃飯時見到投票率近九成，全家都歡呼。

飯後，全家都在電視機面前看選舉結果，每當一個民主派人士當選，樓上樓下都傳來一陣歡呼聲。見何議員未能連任，整個屋苑喝彩聲震天。

到了早上四時，見建制派大勢已去，大家才回去睡。

早上起來，朋友傳來訊息：「半年來終於可笑著入睡笑著起來，新的香港出現了。」你回應：「只要不用哭著過未來的日子便好！」

哀悼

寒風凜烈，街上無人，呵氣如霧。你一身素黑，走到太子站外，從背包取出一朵親手製的白紙花，安靜地放在牆邊白色花海裡。你身旁早有二三十名黑衣人在這個社區靈堂佇立著。

閉上眼，一段又一段的畫面重現，有些是你的親身經歷，也有些在電視或網絡直播見到。如電腦遊戲從虛擬走到現實，畫面重複了一次又一次，黑衣人聚集、堵路、在路中心設雨傘陣、防暴警察出現舉旗警告施放催淚彈、迷霧中有人把催淚彈回敬警察，人群四散竄逃橫街，走得慢的給壓住，雙手被束在後面趴在地上像隻雙翼被互扣著待宰的雞……傘陣破了、路障清了、警察走了，黑衣人又再出現，傘陣重現，警察又來……屢攻失敗，行動升級，傘陣再加上磚陣、氣油彈、處處火光。催淚彈、橡膠子彈、真槍實彈進胸膛與腹腔、水炮車也來了，美麗的水炮藍只能撲滅街頭之火，卻令市民心中怒火燒得更烈……

一個又一個的傳說使你激動、飲泣。也許有些是真實，更多可能是穿鑿附會，你沒有親眼看見，沒有在行人電梯上被胡椒噴霧射中般真實、深刻。八月三十一日太子站是否真的有六人被斷頸殺害，是否真的有人被跳樓、跳海，即使在不同群組討論得言之鑿鑿，你還是寫上一句：「只有真相才會令我相信！」這些年，說真話的人當然會被嘲笑、奚落、侮辱，不知多少個親友罵你「可恥」。

因工作你得每星期到內地去，那裡的經歷更令你哭笑不得，過境時手機被檢查已是家常便飯，誰教你三十幾歲人看上去只有十七八。內地人知你從香港來，有人會不太禮貌地質問：「你們香港人為什麼要搞港獨？沒有國家的支持、沒有一國兩制，香港人食屎啦！」你笑答：「我們沒有搞港獨啊！是有些人認為有人在搞港獨。」你深刻地感受到內地官媒的威力，也憐憫這樣說話的人的天真。

這半年是你一生中過得最辛苦的日子。鬧來，你的雙腳總會走向太子站，那裡有沒有死過人你不知道，放下小白花，你要哀悼的是已死去的心。淚水在北風中悄悄落下，混在疏落雨絲中，天空也在哭泣。

世上不是只有敵我

幾個中學生來找我訪談，要做一個關於濫用藥物的專題研習。我們談為何人類會濫藥、為什麼大麻可卡因近年會盛行起來……好奇心驅使下，我問他們對近日立法會修改議事規則的看法。

這幾個十五六歲的年青人的觀點教我眼前一亮。

胖子說：「我對立法會很有期望，我覺得立法會議員即使來自不同黨派有著不同政治取向，也該心平氣和為市民的最大利益作理性討論，可惜回歸後的立法會已變成一個浪費生命的吵架場地。只有以事論事懂得妥協方能廣容不同的聲音。建制派議員即使是大多數，也得看看在直選中為數更多的泛民支持者。把對方當作敵人拼個你死我活只會兩敗俱傷，不可能達至共贏，政府和市民都是大輸家。建制派議員提出的議事規則修訂，目的是針對拉布，卻不見他們去了解泛民議員何以要拉布。」

短髮女孩接著說：「過往立法會也有修改議事規則的，是經過不同議員作詳細討論才作定案的，每個議員都有參與作出修訂的決定，故日後開會人人都遵守自己有份決定的規則。今天修改議事規則在泛民反對下獲通過，往後泛民議員必定會用各種方法去不遵守建制派定下的規則。建制議員也許取得了短暫的勝利，卻埋下了往後議會工作更敵對更難妥協的局面。泛民議員人數不足以否決議案時，政府法案要通過也許表面上沒有難度，問題是拉布以外，要令議會無法通過政府提出的法案還有很多方法。」

害羞男孩說：「向來我對泛民議員沒有好感，上次立法會選舉，我叫媽媽投票給工聯會的參選者，可惜他輸了。我一直都不敢讓同學知道我是支持建制的。一次太得意忘形透露了我的立場，我以為同學會疏遠我不跟我玩，沒想到他們說：『無論你相信什麼抱什麼政治立場，你都是我們的好同學。這是個多元共容的社會，每個人的信念也不同，正好我們有個好機會去了解不同的想法。』我也試著去了解他們的想法。近日見到政府愈來愈專橫不接受市民意見，建制派的議員的表現又極不得體和不懂尊重不同意見，我開始對他們反感，我參加了反對修改議事規則的集會，我知道無法改變事實，至少我們要站出來捍衛我們相信的價值⋯⋯」

阿旺

阿旺不肯吃東西，只是伏在地上痛苦地呻吟，連站起來的氣力也沒有。你知道牠很痛苦，每次帶牠去看獸醫，獸醫也建議讓牠安樂地離開，免除不必要的痛苦。可你總是千萬個不願意。

半個月前，阿旺突然吐血，你把牠送到醫院，住進了深切治療病房，治療及住院費已花了二十多萬，比起一個人住醫院所花費的還要多。獸醫說了一遍又一遍：「阿旺這個年紀，等同人類一百二十歲，牠有嚴重認知障礙，雙眼幾近失明，癌細胞正在侵蝕著牠的身體，與其花巨款令牠痛苦地活著，倒不如讓牠的痛苦及早了斷。」可你還是那一句：「醫生，無論怎樣都請你救牠！牠已經很可憐的了，所有疼牠的人都先後離去……」

也許牠知道你不想牠把你拋下，牠才在極痛苦中勉強活著。你不會知道牠何等痛苦。

仁森七歲那年，你和丈夫帶她到公園騎單車，走到公園僻靜的一角，你們聽見草叢中傳出小狗悲鳴聲，仁森走過去，見到垃圾桶不遠處有個黑色膠袋，裡面像有東西在蠕動，她打開膠袋，見到有三隻小狗在裡面，這孩子居然要把牠們帶回家。

最小的一頭也許身體太弱了，在你們家過了兩星期，在一個寒冷的早晨，牠全身僵硬躺在狗窩裡。另外兩頭小狗則健康地成長，仁森為牠們改名為阿旺和黑仔。她每天帶牠們到狗公園跑步，日子過得愜意。

仁森升上中一了，下學期開課才幾天，她發著高燒神志不清被送到醫院，所有檢查都找不出病因，醫生指她可能患上了腦炎，她不停地呼喚著著阿旺和黑仔，爸爸把阿旺和黑仔偷偷帶到她床邊，她像清醒了一點，說了句：「阿旺、黑仔乖！記住要聽爸爸媽媽的話……」跟著她微笑地睡去，臉色由紅轉白，也沒有再醒來。

仁森離去後一星期，半夜裡黑仔怪叫幾聲昏倒地上，獸醫指牠心臟病發。你覺得黑仔只是想去陪伴仁森。

巨變之後，丈夫鬱鬱寡歡，感到人生沒意義，他決定到內地去傳道，卻遇上了大地震，至今音訊全無。多年來只有阿旺陪著你守著這個家，希望丈夫有一天回來。

牠病了，你也倒下來了，你不敢去想，一個人怎樣活下去。

狗的獨白

若命運可選擇，我下一世誓不為狗。

作為一隻大都會的狗，給人類帶回家就是終身監禁的開始。自以為是、自稱主人的傢伙，沒有一天不在折磨我。

我最討厭狗糧，無論那是罐頭還是乾糧，那都不是狗應該吃的東西，難吃、難以下咽、沒有味道，但太餓了我不得不把這些垃圾吞下。主人說吃那些東西可以營養均匀、有益健康。我真希望主人也試試像我一樣每天都要吃這些垃圾。有時趁主人沒留意，我偷食主人餐桌上的食物，那些東西也不怎麼好吃，卻比罐頭乾糧好味多了。我多希望能吃一塊血淋淋的生肉或骨頭，可幾乎所有我的同類一生中也未嚐過這傳說中的珍饈。

主人經常看寵物雜誌，也常在網上或電視看如何養狗的節目，那些主持節目的寵物專家，簡直胡說八道，他們的目的只是要狗狗聽話和服從，只談主人該怎樣跟我們相處，卻從來不明白我們的想法和感受。

為了要我搖頭擺尾舐他們，他們會獎給我一塊有肉味的塑膠骨頭，我最討厭這玩意，咬得下巴也抽筋卻未能吞下一小片肉，這「美味」的獎品最好還是留給主人煲湯或自己啃好了。

我的日子很難過，沒有同伴只有自己，尤其白天主人一家上班上學後，家傭也不知躲到哪裡去，獨自在家實在太孤伶太驚慌了。我躲在一角不敢動，我聽見大門外有任何聲音也會吠。我吠並不是在歡迎主人回來，而是悶了一天總得開開口。我的心情稍好時，就是每天到狗公園散步的時候。我遇見很多不同大小的狗，可惜人類總不給時間我們聊天。我最害怕跟男主人去跑步，他可以一口氣跑兩小時，害得我跟在後面熱得要中暑了，大概他連狗欠汗腺只能靠伸出舌頭喘氣散熱也不知道。

經常吠會令我家主人惹上麻煩，女主人經常對我說：「阿財，你還是不聽話亂吠，我便帶你到獸醫那裡把你的聲帶割除。」天啊！一個雍容華貴的女士想法竟那麼恐怖！我在公園散步時也曾遇過不能吠的狗，因為人類的殘酷，狗連說話的權利也消失了。聽見她這麼說，我怕得只好立即收聲。

狗也不如的生活

見到主人的那缸七彩魚，方覺我的日子也許已經過得不錯，至少主人每天也會帶我到公園散步。魚朋友們真可憐，給主人帶回家便放進魚缸裡，無論吃、拉，都在缸裡，主人更為它們製造了個小海洋，有幼沙、石頭、珊瑚和海草，看上去魚群在自由自在地游，但游來游去也在一個魚缸裡，且那裡的「太陽」任何時間都很光猛，從來沒有黑夜。

魚兒新進缸時都是色彩鮮豔非常活潑，過了幾個月每天搶吃魚糧，牠們長大了，色彩卻淡了也呆滯了，也許這是「鐵窗效應」。

有時我獨自在家悶得發慌，我便望著魚兒，魚兒也像望著我，不用說什麼，彼此也明白對方心意。牠們一生在一個透明小困室過，我又何嘗不是呢！我的困室比牠們的稍大少許而已。

女主人也算體貼，買了一隻狗女回來跟我作伴，我喜出望外，每天跟她跑來跑去，讓一份更大的食物給她，一起到公園追追逐逐非常開心。過了不久，她的肚子脹了起來。

她生了四隻小狗，樣子很可愛，長得跟我的兄弟姊妹一模一樣。

見到自己的孩子，想起了我的童年，童年往事我記得不多，只記得媽媽長得很強壯，媽媽的奶汁很美味，我愛被媽媽舐，那種感覺很舒服。我也愛跟四個兄弟姊妹互相伏在一起睡，暖暖的、聽見彼此的心跳那種感覺真美妙。

快樂的日子才過了幾天，忽然有人把我們五兄弟姊妹從媽媽身旁拿走，我們發出嗚嗚的哀叫，媽媽只是無助地眼泛淚光地看著我們，也許她已一次又一次地經歷這種生命中的無奈。之後我再沒有見過媽媽和四個兄弟姊妹，卻每晚做夢也嗅到媽媽的氣味和感覺到兄弟姐妹身上的溫暖。

我被放進一個狹窄的籠裡，裡面有著濃烈的大便氣味，我害怕得不敢躺下。很多人走到我面前，有的一家大小在我面前嘀咕什麼的，我不明白他們說什麼，卻感到他們無意幫我回到媽媽身旁。我只是呆立著想著媽媽，有人抱著我餵我吃奶，但那奶水的味道實在惡心。

不知過了幾天，主人見到我便抱著我不肯放手，但我不喜歡她身上的香味，嗅到便令我打噴嚏。她還是把我帶回來，開始在這個家過著連一條像樣的狗也不如的生活……

人類能當狗的寵物嗎？

我感謝主人為我找個伴，但我不喜歡她帶著我外出時為我繫上鎖鏈，我想跑遠一點也不能。

我看著剛出生的四個孩子，伏在媽媽身上吃奶，便想到一家六口在草地上奔跑的情景。更擔心主人會把我們的孩子賣掉或送給別人。就像我的經歷一樣，給送到寵物店後便再沒見過我的父母及兄弟姊妹。若主人真的那樣做，我們反對也沒有用，誰教我們要依賴人類才可活著。

我們的孩子長得快，很快牠們已張開了眼睛，身體也大了近倍，主人把我們搬到花園剛建好的狗屋，除了睡覺的地方，我們更有一小片的花園。我們的孩子大得快，轉眼牠們跟我們一樣大了，已不再吃奶轉吃狗糧。我們每天都一起吃，日子過得愜意極了。

伴侶的肚子又再隆起，很快又生下三隻小狗。我以為主人會跟上次一樣把小狗養大，沒想到小狗才過了一百天，便給主人的朋友領養去了。看著自己的子女給帶走，除了流淚和嗚嗚哀叫，我們什麼都不能做。

失去了孩子，伴侶很難過，她吃不下東西、不住流淚、體力日差，連公園也不想去。

某日，主人帶著我和兩個兒子去看獸醫，他為我作檢查，然後我昏昏欲睡，不知過了多久，我便痛醒了，陰囊很痛，兩顆睪丸像給摘掉了，我立即想到我的兩個兒子的命運也跟我一樣，可憐的孩子還未有伴侶，此生也不可能當爸爸的了。我無法接受主人對我們的殘忍無情。讓我們自由自在找個伴生育下一代對我們來說是幸福的，但經常說很疼我們的主人竟親手摧毀我們的幸福。

我們再沒有生孩子。一天天老去，老伴有關節退化和腎衰竭，我的後腿也因關節痛而不能走路。主人帶我們去看醫生，結果我們一起給安樂死了。

離開這殘酷世界時我做了一個夢。夢中我變成人類的主人，我在後園養了幾個男女當寵物，我給他們吃罐頭和乾糧，每天在他們的頸上繫上鐵鏈然後帶他們到公園散步。他們生了孩子，待他們的孩子懂得說話走路，我便把他們的孩子送到寵物店賣掉，然後強行把男人閹掉。大概這個夢反映了作為一隻狗跟人類相處受到不平等對待的憤怒。未知道人類有否想過會變成狗的寵物，若這一天到來，他們又是否願意來個人狗角色對換呢？活生生給閹割，孩子給送走親睹骨肉分離，一生等同終生監禁。

第三章：願歲月靜好

帶阿媽去換身份證

星期三下午，陽光燦爛。接了媽媽去換身份證，人不算多，不消半小時已完成所有程序。工作人員有禮和熱心幫忙。媽媽的指紋幾乎磨平了，以為無法把指紋掃描下來，職員很專業，只把媽媽的手指弄濕，再以不同壓力按在掃描器上，終於成功把指紋記錄下來。拍照又花了少許時間，媽媽有點不好意思，輕聲在我耳邊說：「年紀大了，又看不清，真的很論盡。」職員笑著安撫她。

換證過程中，可以見到很多跟自己年齡相若的朋友，無論男女，我總愛上下打量，想知道到了這個年紀，自己跟他們有何不同。有些朋友的肚腩比我大、頭髮比我稀和白，臉上皺紋深深刻著著一個花甲的印記、前半生的經歷。有些朋友身材健碩、腰板筆直、神彩飛揚。有一位女士頭髮烏黑發亮、淡妝不現皺紋，看上去只有三四十歲。旁邊的一位女士輕聲跟她的朋友說：「無論怎樣看，她也不像六十歲，保養得真好！」「我一定被她騙倒！」我回應。

離開換證中心，見時間尚早，便陪媽媽喝咖啡去。我們看著櫃裡的雞批，垂涎欲滴。

想吃卻又擔心無法吃完浪費了食物，還是媽媽看透了我的心：「要一個兩份吃！」

喝著咖啡，媽媽說起了一段往事。三四十年前，她帶著嫲嫲和伯婆去換身份證，兩位長者不識字也不識路，花了大半天時間才把證換好，伯婆非常感激這個姪媳婦，果園裡有什麼熟了總拿些過來跟我們分享。時光飛逝，兩位長者多年前已駕鶴而去。

媽媽又告訴我，她小時曾住芒角（旺角），換證中心一帶是一大遍西洋菜田。現在是西洋菜街，大廈林立，都認不出那是什麼地方。

十天之後，我回去取新身份證。也是很愉快的經歷。跟等候的朋友聊天，談的都是還在工作還是退休、子女是否已在工作、吃什麼保健品、是否有高血壓糖尿、留港還是移民……說了一會，輪到我去取新身份證，互道珍重，希望彼此平平安安、健健康康，下次換身份證再見。

那時我們已經八九十了，盼望尚能行動自如。

持守寧定，等待黎明

《持守寧定，等待黎明》是我上一本書的名字，也是我送給所有在動盪與痛苦中的朋友二〇二〇新一年的祝願。屈指一算，原來我已出了四十本書。

那本書的文字，大部分都是在二〇一九年六月後寫的，是時代的印記，是你是他是我或身邊的人的經歷和感受，在嘗試探討高度文明的社會何以一夜跟文明脫軌，在探求亂世中好好活著的技倆。

過慣盛世日子，漸失去在亂中活著的能力。社會動盪出現，便會擔憂、恐懼、焦慮、無助、憤怒、沮喪……有人不知所措，有人抱怨，有人指責、有人散播敵意與仇恨、有人把別人矮化或將其非人化，一下子社會變得分裂、對立，暴力升級，人類文明秩序消失，野蠻在石屎森林乍現。

過去半年，不知多少人問我是「黃」是「藍」，穿上黃色恤衫，有人立即指我是「黃屍」；穿上天藍色西裝，便有人叫我「藍屍」，在不同的人眼中，原來我竟是行屍走肉，是欠缺了生命的屍體。人家問我「黃」「藍」，我總是這樣回應：「世界是彩色的，不是只有黃藍。不同的色彩可以同在令世界變得更美！」

當我寫示威者的破壞、私了或市民被罷工，立即有人來電郵罵我偏幫政府、可恥！當我寫政府欠安全感，才會時刻認為有外國勢力介入，又或者寫警察放催淚彈後市民不滿的情緒，又或者勸人別稱呼人作「甲甴」，便收不少電郵指我散播仇恨和敵意，更指我幫忙捏造「七二一」及「八三一」的謊話。當然也有人要我向警察道歉，少不免又收到不少「可恥！」。

也許我的文字暗藏了不少意符，同一段文字，不同的人會看到不同的東西，你是個怎麼樣的人便會看到怎麼樣的東西。一不小心對號入座然後將一己的情緒投映到我身上，這現象我是明白的，其實我沒有寫過「八三一」的傳聞或故事。只是寫過市民逢三十一號到太子站憑弔，那裡有沒有死人無法確定也並不重要，他們只是在憑弔自己已死去的心。

半年裡，收到的「可恥」竟有七百多次，倘若「可恥」是特首的選票，大概我已當選了。

不想加深社會的撕裂，書中文字都以意象和扭曲的方式去表達，也許也是時代的面貌。然我堅持依心直說，見到什麼寫什麼，見到好的東西會寫，見到不好的也會寫，也許這樣才算無愧所處的年代。

窗外，方形的天空開始泛白，維港再不見漁火，渡輪卻疏落地劃破鍍了金的平靜海面。

多餘的話

小學的時候，最難過的是作文堂。我總是渾身不自在的過了一堂半，剩下二十分鐘（不肯定，那時沒手錶，課室連時鐘也沒有）。我隨便寫下些什麼，幸好每次都合格，所以我一直很感激教我中文的老師，他們都很善良。我最喜歡〈我的志願〉這作文題，我可以將去年寫過的內容默一次再加上幾句新的便完成。

中一開始，每星期要寫週記，對我來說是極大的考驗。幸好可以在家裡寫，老師從不知我怎樣把週記完成，並鮮有錯字，連標點符號也用得恰當。

中文作文老師出題〈都是科學惹來的禍〉，當日小息也許看了《華僑日報》還是《星島日報》，妙思（Muses）上身疾書數百字，老師紅字評語：「文筆流暢，間有沙石，宜研習名家筆法以求改進！」讚賞與肯定的威力在一個欠缺自信的小伙子身上爆炸了。每天到學校圖書館借一本書回家看，把學校圖書館的書（中英文加起來只有二百多本，包括《讀者文摘》）全看完，跟著到閣樓書店打書釘，遇上心愛的書便省下早餐錢去買，同時也證實很多坊間傳聞（如不吃早餐會影響發育）不準確，經常不吃早餐也有六呎三吋高！後來發現旺角有書舖出租武俠小說，那時的《倚天屠龍記》是一套二十八冊的，看了幾個月臉上便架起了眼鏡。

中一暑假一口氣把《三國演義》、《西遊記》、《水滸傳》和《紅樓夢》看完，連老師叫不要看的《金瓶梅》也不放過。

作文堂得心應手，見同學投稿並獲刊登，心裡羨慕不已，嘗試投稿到各報紙，寄出百篇卻音訊全無。某日到街市買餸，買了鯇魚一段、豆腐卜四兩，魚段以報紙一角捲著再捆上水草，豆腐卜也是以舊報紙包著捆上水草。拿著魚和豆腐卜乘巴士回家，無聊看鯇魚上的報紙，那段寫鯇魚在塘裡的文字很面熟，再看筆名，興奮莫名。回家立即小心把那血染的報紙解下曬乾珍而重之夾在一本《楚辭》裡，後來被一女性朋友取去。

中學、大學一直有投稿，三十多年前開始有專欄，筆名多得自己也想不起。曾躑躅於本港大多數報紙及數本月刊、週刊。

十多歲時喜歡看《星島》副刊，曾希望可在《星島》開欄。從未想過二十年前竟然如願，暢快地寫了二十年，在人生最拮据時甘露來。一句多謝未能表達對《星島》的心意。得趁此感謝編輯多年來的包容與提點，你是我最信任的聆聽者，每晚送出文字，就像向你傾訴。也多謝讀者多年來的不離不棄。今朝暫別，請繼續看《星島》看時代巨輪運轉。同一天空下，願大家好好活著。

善待自己，也愛別人——幸福就在自己身邊

作者　曾繁光
總編輯　葉海旋
編輯　黃秋婷
助理編輯　葉柔柔
設計　陳艷丁
封面相片　123rf
出版　花千樹出版有限公司
地址　九龍深水埗元州街二九〇至二九六號一一〇四室
電郵　info@arcadiapress.com.hk
網址　http://www.arcadiapress.com.hk
印刷　美雅印刷製本有限公司
初版　二〇二〇年六月
ISBN　978-988-8484-72-0

曾繁光醫生 作品

解除壓力快樂人生
魔高一尺 道高一丈
湊仔醫生
該把生命整理一下
我在青山的日子
與孩子一起成長
當種子散落大地
失業了，怎麼辦？（與葉海旋合著）
暴雨中的寧靜
真實與虛幻之間
我們生命中的最愛
生命奏鳴曲
和你守候到天明
同度美好的時光
在愛中，看到了希望
在平凡裡找尋快樂
向朝陽微笑
孩子今天快樂嗎？
石榴花開
被遺忘了的生命力
沖不走的足跡
黃昏裡的暖流
生活背後的感動
卑微裡活出勇氣
沒有消逝的關愛
困乏裡的考驗與關懷
晴空，在每個人的心裡
讓孩子在風裡成長
曾繁光談情說性
向生命中的挑戰說謝謝
我在青山的歲月
傾聽孩子心
這樣想，人生可以不一樣
與他同行——認識青少年精神健康
月有陰晴圓缺——33個觸動心靈的小故事
有時風雨有時晴——從故事看生命，在旅途看世界
走過黑暗幽谷——33個心靈啟示，伴你走出情緒的困局
持守寧定，等待黎明——煙霧迷城下，心靈該如何自處？
善待自己，也愛別人——幸福就在自己身邊

如何促進精神健康、預防精神情緒毛病，

這是政府和每個市民的責任。

每個人都擁有良好的精神健康，

我們將會活得更快樂，也較少人患上精神病，

可以大大減輕醫療上的社會成本。

同一天空下，願大家好好活著。

NT$350

ISBN 978-988-8484-72-0

9 789888 484720

定價 HK$78.00